KB141562

코로나19

✌ 기침 소리

초판 1쇄 찍은날 2020년 7월 3일
초판 1쇄 펴낸날 2020년 7월 6일

지은이   엄현주 김세연 이하언 임재희 이재은 김민효 오을식 심아진
         김정묘 김의규 이현준 이진훈 한상준 이시백 구자명

펴낸이 최윤정
펴낸곳 도서출판 나무와숲 | 등록 2001-000095
주소 서울특별시 송파구 올림픽로 336 1704호(방이동, 대우유토피아 빌딩)
전화 02)3474-1114 | 팩스 02)3474-1113 | e-mail namuwasup@namuwasup.com

ISBN 978-89-93632-78-1 03810

* 책값은 뒤표지에 있습니다.
* 잘못 만들어진 책은 구입하신 서점에서 바꿔 드립니다.

* 이 도서의 국립중앙도서관 출판예정도서목록(CIP)은 서지정보유통지원시스템 홈페이지
  (http://seoji.nl.go.kr)와 국가자료종합목록 구축시스템(http://kolis-net.nl.go.kr)에서
  이용하실 수 있습니다. (CIP 제어번호 : CIP2020027151)

15인 소설집

코로나19
〜 기침 소리

구 이 한 이 이 김 김 심 오 김 이 임 이 김 엄
자 시 상 진 현 의 정 아 을 민 재 재 하 세 현
명 백 준 훈 준 규 묘 진 식 효 은 희 언 연 주

나무와숲

1347년 이탈리아 남부 시칠리아 섬에서 시작된 페스트는 프랑스·영국 등 유럽 전역을 휩쓸며 모든 사회 시스템을 무너뜨리고 사람들을 죽음의 공포로 몰아넣었다. 당시 유럽 인구의 3분의 1이 넘는 목숨을 앗아간 페스트는 봉건사회의 붕괴와 중세의 종말을 가져왔다. 1918년 발생한 스페인독감 역시 전 세계를 휩쓸며 이듬해까지 2500만~5000만 명에 이르는 소중한 생명을 앗아갔다.

지난해 12월 중국 우한에서 발생한 '신종코로나바이러스 감염증(코로나19)' 역시 전 세계로 확산되며 또다시 우리의 삶을 위협하고 있다. '21세기 흑사병'이라 불리는 이 전대미문의 전염병은 2차 대유행을 예고하며 지금도 진행 중이다. 전 세계 확진자가 이미 1000만 명을 넘었고, 사망자도 50만 명이 넘는다. 팬데믹이 현실화한 것이다. 코로나19는 현대 문명을 지

탱해 온 패러다임을 일거에 무력화하며 국가·성별·인종·계급과 관계없이 전 세계인의 목숨을 유린하고 있다.

전 세계 대형 공항에서 2분마다 승객을 수백 명씩 태우고 이륙하던 여객기는 공항 격납고나 활주로에 그대로 주차되어 있고, 수천 명의 관광객을 태우고 오대양 육대주를 운항하던 초대형 유람선도 부두에 정박해 있다. 각국의 봉쇄 조치로 사람들은 한동안 집 밖으로 나오지도 못했다. 학교는 온라인 수업으로 전환했고, 많은 사람들이 재택근무에 들어갔다. 대부분의 국가 공공기관도 문을 닫거나 축소 운영 중이다. 국가 정상들 간의 회의도 화상회의로 진행되었다.

백화점과 대형 마트도 예전처럼 붐비지 않는다. 대신 온라인 유통업체가 성업 중이다. 극장이나 전시장, 스포츠 경기장 사용 패턴도 바뀌었다. 대형 스크린 TV 구매가 증가하고, 오페라나 연극도 유튜브로 감상한다. 스포츠 역시 무관중 경기에 TV-Sports 중계 확대로 탈출구를 찾고 있다. 발 디딜 틈조차 없이 빽빽했던 출퇴근길 전철은 예전에 비해 많이 한산해졌고, 마스크로 얼굴을 가린 탑승객들만 어항 속 금붕어처럼 눈을 껌뻑이며 어쩌다 마주치는 눈길도 서로 외면한다. 우리는 '포스트 코로나19'의 세계로 초대되어 어디론가 이동 중이다.

프랑스의 대표적 실존주의 작가 알베르 카뮈는 전염병으로 인해 고립된 상황에서 파편화되어 가는 인간의 처절한 삶과 깊은 고뇌를 다룬 소설 《페스트》에서 사회적 모순과 인간의 한계를 적나라하게 보여준 바 있다. 이 작품은 당시뿐만 아니라 오늘을 사는 우리에게도 큰 영감을 주고 있다.

그렇다면 21세기 초유의 변고인 신종 감염병 코로나19의 세계적 대유행을 맞아 모든 것이 급변하고 있는 지금, 작가들은 이 순간을 어떻게 바라보고 있을까.

이 책은 그러한 궁금증에서 시작되고 기획되었다. 《코로나19 —기침 소리》에는 코로나19 발생 초기 우한과 대구 상황을 모티프로 한 작품을 시작으로 모두 15편의 짧은소설이 실려 있다. 현재의 상황에서 한 발 물러나 우리의 내면을 다시 들여다보며, 우리는 과연 어디로 가야 하는지 곱씹어 볼 수 있는 작품들이 많다. '포스트 코로나19' 시대를 맞아 외경으로의 무한한 상상력과 인간의 내면세계에 대한 탐험 역시 '시대의 척후병'인 소설가들이 선도적으로 감당해 주어야 할 몫이 아닐까.

'코로나19'를 모티프로 한 작품집 발간을 제안해 주신 이하언 작가, 책이 나올 수 있게 도와주신 구자명 작가, 그리고 이 작업에 흔쾌히 참여해 주신 모든 작가 분들께 깊이 감사드린다.

2020년 6월
편집부

차 례

엄현주

기침 소리

사방에서 어둠을 뚫고 자디잔 물체들이 고물거리며 붉은 꽃으로 피어난다. 요염하게 피어난 꽃들이 바람에 흔들리며 꽃가루를 여기저기 흩날린다. "꽃가루에 닿기만 하면 그대로 죽음이야. 저건 죽음의 꽃이라고. 어서 피해!" 어디선가 다급하게 들려오는 목소리에 하이잉은 아기를 품에 꼭 안은 채, 달아나려고 하지만 발이 꿈쩍 않는다. 아무리 애를 써도 땅바닥에 붙은 발이 떨어지지 않는다. 도와주세요. 제발 살려… 누구… 없어… 온힘을 다해 부르짖는 그녀의 목소리를 새된 울음소리가 덮어 버린다. 그제야 그녀는 눈을 번쩍 뜬다. 캄캄한 어둠 속에서 아기가 숨이 넘어갈 듯 울고 있었다.

"어떻게 된 거지? 그동안 내가 설마 잠을…."

혹시 혼절해 있었던 걸까? 그녀는 자리에서 일어나 방의 전등 스위치를 눌렀다. 그러자 환한 빛과 함께 방안의 풍경이 눈에 들어왔다. 발버둥치며 옆에서 울고 있는 아기, 정규가 벗어 둔 실내복, 사용한 아기 기저귀…. 그녀는 우윳병을 찾아 아기의 입에 물리면서 그날 새벽에 정규가 떠났던 일을 아주 먼 옛날의 기억처럼 떠올렸다. 아파트 단지의 어슴푸레한 보안등 불빛 아래로 희미하게 보이던 그의 등, 새벽의 정적 속에서 탈탈거리는 소리를 남기며 점차 멀어져 가던 캐리어 바퀴 소리, 열어젖힌 베란다 창문에서부터 들어오던 매서운 냉기….

"어떻게 떠날 수 있단 말이야? 이 죽음의 도시에 우리만 남겨놓고서…."

하이잉은 자신이 정규의 등을 떠밀다시피 해서 한국으로 돌려보낸 사실을 까맣게 잊은 것처럼 서운해하면서 혼잣말을 했다.

한 달 넘게 주민들을 죽음의 도가니에 몰아넣고 있는 코로나바이러스는 결국 왕하이잉 부부를 생이별까지 하게 했다. 그들 부부는 만난 지 3년이 조금 지났지만 떨어져 있은 적이 없었다. 그런 그들이지만 아침저녁으로 한국서 걸려 오는 시부모의 전화에 결국 승복해야만 했다. 처음에는 정규에게 걸려 오던 전화가 나중엔 대상을 바꾸어 하이잉에게 왔다.

"우리 정규를 빨리 한국으로 보내. 그러고 나면 너희 모녀도 길이 생기겠지. 우선 하나라도 살고 봐야 할 것 아니니? 다 같이 죽을 수는 없잖아? 그 안에서 넌 잘 모르는 모양인데, 우한은 이미 끝난 곳이야. 거기다 하나밖에 없는 내 아들을 놔둘

수는 없어."

한국어가 서툰 그녀를 위해 또박또박 하던 말을 시부모는 점차 속도를 내서 나중엔 정확하게 알아듣기 힘들 정도로 빨리 했다.

"당장 정규 보내라니깐. 한국에서 전세기를 띄운다잖아. 얼릉, 얼릉 신청하라구."

"제발 중국 며느리 본 걸 후회하지 않게 해줘. 널 받아들이기가 얼마나 힘들었는데…. 그걸 알면 네가 이렇게 버티는 게 아니지."

하이잉은 더 이상 견딜 수 없었다. 입은 웃고 있지만 눈에서는 늘 냉랭한 기운이 감돌아 그녀를 움츠러들게 하던 시부모. 그들의 차가운 눈빛이 떠오르자 그녀는 온몸이 대침에 찔린 듯 아파 오기 시작했다. 그녀는 악을 쓰며 소리 질렀다.

"가, 가라고! 코로나에 걸려 죽으나 전화 폭탄에 맞아 죽으나 나한테는 똑같다고."

"하이잉, 미안해. 꼭 가야 한다면… 우리 모란이 백일 되는 것만 보고서…. 안 될까? 이제 보름 남짓 남았잖아."

정규는 새근새근 잠들어 있는 아기를 내려다보며 울먹거렸다. 하지만 하이잉은 들은 체도 않고 캐리어를 꺼내 그의 짐들을 쓸어 담기 시작했다.

마침내 정규는 2차 전세기로 한국으로 돌아갈 수 있게 되었다. 부부지만 한국인이 아니라는 이유로 함께 탑승할 수 없는 현실이 그녀는 기가 막힐 뿐이었다.

"나오지 마, 위험해. 공항 도착하면 연락할게. 모란이와 당신이 올 수 있는 길이 곧 생길 거야. 오래 걸리지 않을 거니까 좀만 참고 견뎌. 모란이 잘 부탁해. 그리고…."

그의 말을 자르듯 승강기가 멈추어 서는 소리를 내며 활짝 입을 벌렸다. 정규는 멈칫거리고만 있었다. 하는 수 없이 하이잉은 부들부들 떨리는 손으로 공룡의 아가리처럼 보이는 승강기 안을 향해 그의 등을 떼밀어 넣었다. 그러고서 그녀는 베란다 앞으로 다가가 블라인드를 올리고서 창문을 열어젖혔다. 캐리어를 끌고 그가 멀어지는 모습이 아주 먼 세상으로 영원히 사라지는 것 같아 그녀는 울음이 복받쳐 나올 것 같았다. 하지만 그녀보다 한 발 앞서 아기가 새된 소리로 울기 시작했다.

"모란아, 모란아… 왜 그래?"

아기의 몸을 안아 올리는 순간 불덩이가 가슴에 와닿는 것 같았다. 코로나, 설마 이런 아기가? 하이잉은 고개를 절레절레 흔들다가 디피티 예방접종 시기를 놓쳤다는 사실을 떠올렸다. 벌써 2월 1일이 되었으니 보름이나 지났다. 예방접종을 하자고 코로나 환자가 넘쳐나는 병원에 갈 수 없다고 정규가 말리는 바람에 그녀는 무작정 기다리고만 있는 중이었다. 그녀는 일단 해열제 시럽을 찾아 억지로 아기의 입에 넣었다. 숨이 넘어갈 듯 울어대는 아기를 안고 달래느라 거의 기진맥진한 상태에서 카카오톡으로 메신저 들어오는 소리가 들렸다.

> 모란이 재우느라 전화 받기 쉽지 않을 것 같아 카톡 한다. 길이 거의 다 폐쇄되어서 이제야 겨우 텐헌 공항에 도착했다. 길거리 여기저기 사체들이 넘쳐나는 걸 직접 눈으로 보니 맘이 더욱 무겁다. 진작 뭔 수를 쓰더라도 당신과 모란을 다른 데로 피신시켰어야 했는데…. 미안하다. 어쨌든 잘 살아남아 있기를 바란다. 한국 도착하면 연락할게.

공항에서 노란 방호복을 입은 사람들의 모습을 담은 사진도 몇 장 연달아 보냈다. 그제야 하이잉은 아픈 아기와 혼자 남은 자신의 처지에 와락 무섬증이 느껴졌다. 그동안 정규가 옆에 있었던 탓인지 가끔씩 공포가 찾아오긴 했지만 그런대로 견딜 만했다. 아파트 단지 안에서 손수레에 실려 나오는 사체들을 보지 않기 위해 낮에도 아예 블라인드를 내려두고 지냈다. 재택근무를 하던 그가 때때로 직장 동료들과 이메일로 연락을 주고받으며 사태가 심각하다고 이야기했지만 산후조리를 겨우 마치고 집 안에만 있던 하이잉은 별로 못 느끼고 있었었다. 하지만 그가 보낸 메신저를 보는 순간, 그녀는 두 눈이 번쩍 뜨이는 듯했다.

'이런데도 결국 혼자 떠났단 말이지. 여기서 나더러 어떡하라고?'

아무리 내가 떠나라고 했지만 정말 혼자 가버릴 수가 있단 말인가? 하이잉은 그에 대한 서운함과 배신감이 갑자기 주체할 수 없을 정도로 밀려왔다. 부르르 떨고 있는 그녀의 품안에서 아기는 온몸을 뻗대며 더욱 악을 쓰고 울었다.

"모란아, 제발…."

아무리 달래고 얼러도 아기는 울음을 그치지 않았다. 병원을 갈 수도, 어디다 도움을 요청할 수도 있는 상황이 아니라는 사실이 또 다른 공포가 되어 그녀의 목을 죄어 왔다. 시간이 지나자 그녀는 아기를 안고 있을 힘도 없어 내려놓았다. 그러고는 그대로 방바닥에 나동그라졌다.

배가 몹시 고팠는지 아기는 우유를 한 방울도 남기지 않고 다 먹었다. 그새 열이 조금 내려 불덩이 같았던 아기의 몸에서 미열만 느껴졌다. 그녀는 아기를 자리에 눕히고서 몇 시나 되었을까, 궁금해 휴대폰을 들여다보았다. 벌써 저녁 8시가 넘은 시각이었다.

'세상에, 그새 시간이 이렇게 지났단 말이지? 그럼 내내 정신을 잃고 있었던 건가? 그럴 리가….'

하이잉에게는 10여 시간 동안의 기억이 전혀 없었다. 휴대폰을 들여다보아도 특별히 떠오르는 생각이 없어, 정규가 보낸 부재중 전화와 메시지들만 확인했다. 지금 그가 격리되어 있다는 진천이라는 곳이 지구가 아닌 다른 별처럼 그녀에게 아득하게 멀리 느껴졌다. 그곳에 있는 그도 모르는 타인처럼 생각되었다. 지난 3년 동안 하루라도 보지 않으면 견딜 수 없었던 그가 갑자기 타인처럼 멀게 여겨지다니. 아무래도 내가 아직 악몽을 꾸는 중이라고, 중얼거리는데 그녀의 입을 막듯 휴대폰이 울렸다. 긴장된 그의 음성이 가늘게 떨리며 흘러나왔다.

"하이잉, 괜찮아? 연락이 안 돼 얼마나 걱정했다고. 별일 없는 거지?"

하이잉이 그렇다고 몇 번이나 대답했지만 정규는 전혀 알아들을 수 없는 모양이었다. 그녀는 안타까이 목청을 돋우며 말했지만 아무런 소용이 없었다. 점점 그가 하는 말을 그녀도 알아들을 수 없었다. 그들은 서로 알아들을 수 없는 언어로 각자 자기 말만 계속했다. 소통되지 않은 말들이 가슴을 누르고 목 안을 갉아 대기 시작했다. 그러다 더 이상 참지 못해 그녀의 목구멍에서 기침이 터져 나왔다. 휴대폰 저편에서도 그가 기침을 하기 시작했다. 나중엔 둘 다 기침을 계속하느라, 하고 싶은 말을 한 마디도 못 나눈 채 그들은 결국 통화를 끝내야 했다. 서로의 말을 밀어낸 기침 소리가 불길한 징조처럼 여겨져 그녀는 휴대폰을 옆으로 밀쳐 두었다. 하지만 휴대폰에서 기침 소리가 끊임없이 울려 나와 집 안 여기저기를 떠돌며 깊어 가는 밤의 고요를 뒤흔들어 놓고 있었다.

"쿨럭쿨럭, 쿨럭…."

김세연

대구에
다녀왔어요

지난 설에 나는 바빴다. 한국문학회에 투고할 논문을 준비 중이었다. 하필 설 연휴가 끝난 직후에 투고를 마감했다. 기한을 연장해 줄 수 없느냐고 간사에게 사정했다. 제 권한이 아니라서요, 딱 잘라 거절했다. 하지만 나는 알고 있었다. 기분이 좋을 땐 없던 권한이 생기기도 한다는 것을. 뭐 어쩌겠는가. 아쉬운 쪽은 나였다. 논문 실적에 대한 압박은 늘 나를 짓누르고 있었다.

교수법 관련 세미나에 꼬박꼬박 참석하는 것 또한 나를 더 정신없게 만드는 데 일조했다. 교수학습계발센터에서는 방학을 맞아 교강사들을 대상으로 한 각종 특강과 세미나를 개최하고 있었다. 참여율이 저조한지 지겹도록 홍보 메일을 뿌려 댔는데 세미나에 참석한 전임 교원, 즉 '진짜 교수'들에게는 가산점을 지급한다는 내용의 문구가 빨간 글씨로 써 있었다.

나는 전임도 아닌 주제에 매번 그곳에 나가 눈도장을 찍었다. 왜냐고?

내가 모교에서 강의를 하게 된 것은 지난 학기부터였다. 강사법 시행으로 자리를 얻기가 하늘의 별 따기가 될 거라고들 했지만 언제는 쉬웠나, 못 먹는 감 찔러나 보는 심정으로 여기저기 원서를 제출했다. 그런데 놀랍게도 모교에서 덜컥 연락이 온 것이었다. 까무러치게 놀란 나는 바로 지도교수님께 전화를 걸어 감사 인사를 올렸는데 웬걸, 교수님은 나라는 존재에 대해 까맣게 잊고 지내시는 듯했다. (누구? 지은이? 너 고향에 안 내려갔냐?)

그럼 대체 나를 뽑아 주신 은혜로운 분이 누구란 말인가. "공개 채용입니다." 교양학부 직원은 그렇게만 전했다. 주위를 둘러보니 기존 강사들 중 재임용에 탈락한 케이스도 많았다. 그런데 왜 내가? 따지고 보면 나는 박사 수료생으로 아직 학위도 없는 처지였다. 갑작스러운 행운에 불안하면서도, 그 익명의 공채 위원에게 마음속 깊이 감사했다. 덕분에 강사료와 교통비가 맞먹는 외지 시간강사 생활을 청산하게 되었으니 말이다.

이후 나는 전에 없이 긍정적인 사람이 되었다. 학교에서 하는 일에 적극적으로 참여했고, 정치적 갈등에는 휘말리지 않도록 조심했다. 우리 학교 본관 담벼락에는 커다란 새의 눈알 같은 것이 그려져 있는데, 나는 그것을 볼 때마다 소설 『위대한 개츠비』에 나오는 '에클버그의 눈'을 떠올렸다. 책을 읽었다면 알겠지만 광고탑에 그려진 에클버그의 눈은 사람들의 온갖 거짓된 행동과 진실을 지켜보는 존재다. 마치 모든 것을 알고 있는 신처럼.

아무튼 그런저런 바쁜 일들 때문에 설이 한참 지난 2월에나 본가에 내려갔다. 마침 자취방이 위치한 종로구 일대가 코로나바이러스 문제로 시끄러웠던 시기이기도 했다. 그때만 해도 내 고향 대구는 청정 지역이었다. 확진자가 한 명도 없는 도시. 말하자면 그곳으로 피난을 간 거다. "역시 대구는 안전해." 나는 큰 솥에서 삶아 낸 닭을 뜯으며 말했다. "자연재해도 드문 곳이지." 엄마는 백숙 기름을 걷어내며 동조했다.

남들은 '고담 대구' 운운하지만, 의외로 이곳 시민들은 대구를 안전한 도시로 여긴다. 그에는 나름의 역사적 배경이 있는데, 한국전쟁 때 북한군을 막아내고 국토의 마지막을 지켜냈던 격전지가 바로 낙동강 일대이기 때문이다. (……) 쓰고 보니 웃기기는 하지만, 실재하는 감각이다. 초등학교 사회 시간에 선생님이 한국전쟁 과정을 설명하다가 "여기! 대구 앞에서 북한군이 멈췄어요!"라고 소리치면 반 아이들이 함께 환호했던 기억이 난다.

근데 이럴 줄 알았나. 괴뢰군도 막아내던 대구에서, 평화로운 내 고장 대구에서, 신천지가 열릴 줄이야….

하루? 이틀? 어버버하는 사이에 나라가 쑥대밭이 됐다. 특정 종교를 매개로 바이러스의 대규모 확산이 이루어졌다. 확진자가 천 명에 육박했고, 그 중심에 대구가 있었다. 도시가 봉쇄된다는 소문이 떠돌았다.

나는 곧장 서울로 쫓겨났다. 솔직히 말하자면 나는 더 심각한 상황을 상상하고 있었다. 대구가 영영 봉쇄되어 혼자 서울에 남겨질지도 모른다고 생각했던 것이다. 공포로 반쯤 넋이 나간 채 기차에 올랐다. 남북 이산가족도 처음엔 그리 될 줄 몰랐겠지, 하면서 말이다.

그런데 또 어떤 면에서 보면 완전히 현실감을 잃지는 않았던 것 같기도 하다. 그 와중에 나는 '썸남'에게 줄 커피를 샀다. '하와이 라이언'이라는 브랜드에서 나오는 드립백 커피였는데 동대구역에서만 판매한다고 했다. 전국 체인이 아니라는 점이 다행스럽게 느껴졌다.

사실 교수법 세미나에 부지런히 참석한 데는 다른 이유도 있었다. 나는 그곳에서 일하는 30대 초반의 남자 직원과 약간의 텐션을 유지하고 있었다. 평범하면서도 부드러운 인상을 가진 남자였는데, 첫 세미나가 열리던 날 일찍 도착한 내게 이

것저것 물어 보더니 "대구? 라이언 커피 알아요?" 하며 되도 않은 수작을 걸어 왔다. 나쁘지 않아서 몇 번 따로 만났는데, 생각보다 일이 진척되는 속도가 굼떴다. 간보듯 미적거리는 태도에 질려 선을 긋자 그는 또 갑자기 적극적으로 다가왔다.

하지만 한번 흥미를 잃고 나서는 더 이상 그와의 시간이 즐겁지 않았다. 기회만 있으면 상사를 씹어 대는 버릇과, 그러면서도 앞에서는 간을 빼줄 듯 비굴하게 구는 모습도 매력을 떨어지게 하는 요인이었다. 그는 자신의 상사(교수학습계발센터 과장인데 비전임 교원에게도 세미나 참석에 따른 혜택을 부여해야 한다고 주장하던 사람이었다)가 '코로나 대응 전담팀'을 겸직하게 됐는데, 그 후로 자기 업무가 많아졌다고 투덜댔다.

그런데 며칠 대구에 있는 동안 그에 대한 생각이 어느 정도 바뀌게 되었다. 새 가정을 꾸린 친구들은 나와 만나 주지 않았고, 다만 짧은 전화 통화로 '그 남자를 잡으라'고 닦달했다. 과년한 남자가 짝을 고를 때 신중해지는 것은 당연한 일이며 상사 비위를 맞추는 센스는 사회생활의 기본이라는 것이었다. 처음에 웃어넘겼던 충고는 점점 뇌리를 파고들었고, 나중에는 괜히 좋은 남자를 놓쳐 버리면 어쩌나 하는 불안감에 몸이 달았다.

그래서 집으로 가는 길에 굳이 학교에 들렀던 것이다. 마침 연구실에 두고 온 책이 떠오르기도 했지만, 곧장 쉬고 싶은 마음을 이긴 동력은 그에게 있었다. 센터는 한산했다. 과장은 코로나 대응팀 회의 중이라 했고 그 직원(편의상 '라이언'으로 부르겠다)은 조기 퇴근했다고 근로 학생이 일러 주었다. 나는 커피를 라이언의 책상 위에 올려 두었다.

'뭐 해요?' 카톡을 보냈는데 몇 시간이 지나 답장이 왔다. '최 쌤, 학교 왔다면서요?' 최 쌤? 친해진 이후 그는 내게 '지은 씨'라는 호칭을 사용해 왔다. 조금 기다렸다가 답장을 했다. '네, 들렀는데 안 계시더라고요.' 웃음 이모티콘을 붙였다.

삼십 분간 답이 없었다. 주도권이 나한테 있는 줄 알았는데. 갑자기 초조해졌다. 진동이 울렸다. '아다리가 안 맞았네요. 바쁜 일은 끝났어요?' 대화를 이어 나갈 의지가 보이자 희미한 안도감이 들었다. 그동안 연락을 하기 어려울 정도로 정신없이 바빴던 사람처럼 보이기 위해 노력하며 답장을 썼다.

… 또 소식이 없었다. 그 사이 여자라도 생겼나. 먼저 연락한 것이 조금씩 후회되기 시작했다. 혹시 나의 변덕을 알아채고 내심 비웃는 것은 아닐까. 속을 빤히 들킨 것 같은 기분에 수치심이 밀려왔다. 빠르게 메시지를 하나 더 보냈다. '간 김에 뭐 좀 드리려고 했어요.' 딱히 널 보러 간 건 아냐. 들고 있는 커피가 무거워서 나눠 주려 했을 뿐이지. 이런 뉘앙스를 담아 해줄 말을 고민하고 있는데 메시지가 도착했다.

'코로나바이러스 관련 대구 방문자 전수 조사 협조 요청.'

"우짜노?"

전화기 너머로 엄마의 격양된 목소리가 전해졌다. '자가 격리 등의 이유로 수업 공백이 발생하는 경우 즉시 교강사를 교체하겠다'는 내용의 공문이 내려온 적이 있었다. 학교에서는 지난번 해외 방문자 전수 조사 때 중국발 입국자들에게 3주간 등교 중지를 명했다. 지금은 그때보다 상황이 심각했다. 방학이 얼마 남지 않은 시기였고, 3주를 기다리면 나는 개강일에 출근을 못하게 된다. 잘린다는 얘기다.

강사법상 한번 채용된 강사는 특별한 일이 없는 한 3년간 재임용 절차가 보장된다. 반대로 말하면 이번에 탈락한 사람들은 앞으로 3년 동안 기회를 얻기 힘들다는 뜻이기도 하다. 이런 상황에서 누군가의 공백을 대신하기 위해 새로운 사람을 뽑으면, 기존 강사는 어떻게 될까. 3년의 일자리가 날아가게 되는 게 아닌가. 잔인하다고 생각했지만, 나와는 상관없는 일인 줄 알았다.

"니 여기서 카드 썼나?"

엄마는 뚱딴지 같은 소리를 했다. 갑자기 웬 카드?

"대구에 있을 때 내 카드 썼나, 니 카드 썼나 말이다."

그러니까 엄마는 내가 대구를 방문한 흔적이 있는지 확인하고 싶은 것이었다. 나는 평소 비상용으로 엄마의 신용카드를 소지하고 있었다. 그리고 요즘엔 주로 엄마 카드를 사용한다(방학이라 월급이 없는 '비상시'다). 엄마는 대구 방문 사실을 굳이 밝힐 필요가 없다고 말했다. 건강하기 때문이란다. (……)

생각해 보자. 대구뿐 아니라 어디서든 나는 늘 반쯤 '자가 격리' 상태로 지낸다. 이번 사태로 깨달은 점은 내가 평소에도 사회와 거리를 두고 살아가는 사람이라는 것이었다. 연구자들이 그렇지만, 내가 발 딛는 곳은 집과 연구실뿐이었다. 요최근 라이언과의 자잘한 만남을 예외로 한다면, 히키코모리와 다를 바 없는 삶이다. 그런 내가 고향을 한 번 방문한 이유로 생계를 위협당하다니, 억울하지 않은가.

"사람들이 그리 독한 줄 몰랐데이."

엄마 말처럼 인터넷은 온통 대구와 대구 시민들에 대한 욕으로 도배되고 있었다. 사람들은 어쩐지 대구가 위기에 처한 것을 고소해하는 것 같았다. '수구 꼴통들이니 당해도 싸다', '이 일을 대구 사태 혹은 대구 폐렴으로 부르자'는 식의 비방이 난무했다. 엄마는 밖에서 사투리 억양이 튀어 나오지 않도록 조심하라고 신신당부했다. 핸드폰을 내려놓았다. 그래…, 잠자코 있자.

또 진동이 울렸다. 학교로부터 온 문자였다. 발신자는 010으로 시작하는 개인 번호로 회신을 부탁하고 있었다. 박호철 과장. 퇴근 시간이 지난 지 오래였다. 쯧, 직원들도 안됐다. 입맛을 다시는데 잠깐, 이 사람 라이언의 상사잖아? 불현듯 책상 위에 두고 온 커피가 머릿속을 스쳤다. 동대구역. 라이언은 그게 어떤 의미인지 알고 있다. 그는 생각보다 입이 가볍고, 과잉 충성하는 편이다. 내일 아침 과장과 나눌 대화가 머릿속에 그려졌다.

전화가 울렸다. 라이언이었다. 받았다. 그는 깜빡 잠이 드는 바람에 연락이 늦었다고 했다. 거짓말이다. 좀전까지 페이스북에 접속해 있는 것을 확인한 터였다.

"대구 어떡해요? 최 쌤 본가잖아요."

피하고 싶은 대화 주제였다. 최근에 집에 다녀온 적이 있느냐고 물어 보면 어떻게 하나, 마음이 조마조마했다.

"그러게요. 인터넷에서 난리더라구요."

마치 남의 일을 걱정하듯 무덤덤하게 답했다.

"사람들 너무하죠. 대구에선 억울하겠어요."

내 말을 들은 라이언은 짧게 웃었는데 왠지 모르게 냉소적인 느낌이 있었다.

"평소엔 인터넷 안 보셨나 봐요…. 우린 원래 그랬어요."

무슨 소리지. 우리? 그러고 보니 라이언 역시 고향이 서울이 아니라고 했던 것 같았다. 어디였더라. 평소 라이언에게서 사투리 억양을 전혀 발견할 수 없었기에 잊고 지내던 기억이었다.

"인터넷엔 욕이 많죠."

라이언의 말처럼 평소에도 인터넷에는 각종 비방 글들이

난무했다. 거기서는 특정 지역, 인종, 성별 등에 속한다는 이유로 누구든 공격의 대상이 되었다. 하지만 어디까지나 극단적인 사례일 뿐이지 않은가.

"근데 그건 이상한 사람들이 그러는 거잖아요."

"이번에도 이상한 사람들이 그랬나 보죠."

라이언은 시니컬하게 대꾸했다. 잠시 대답할 말을 찾는데 상대 쪽에서 미세하게 물이 끓는 소리 같은 것이 들려왔다. 전기 포트를 사용하는 중이라고 했다.

"참, 줄 게 뭐였는데요?"

언제 그랬냐는 듯 다정한 목소리였다.

"아… 그거요? 별것 아니었어요."

라이언은 뭔가 수상쩍게 여기는 듯했지만 더 묻지 않았다. 나는 급히 전화를 끊었다. 시계는 밤 아홉 시를 가리켰다. 코로나 대응팀으로부터 도착한 문자를 다시 한 번 읽었다. 아직 사무실 문이 열려 있을 터였다. 콜택시를 불렀다. 도착지에 학교 이름을 입력했다. 라이언 커피. 라이언 커피가 필요했다.

이하언

자·가·격·리

─ 여보! 뭐 해. 목마르다니까!

　메시지를 재차 보냈다. 읽은 표시는 있는데 대답이 없었다. 나는 다시 문자 메시지를 보냈다.

　─ 내가 나가서 가져올게.

　부러 문 손잡이 돌리는 소리를 크게 냈다. 카톡! 급히 답이 왔다.

　─ 기다려! 가져다 줄 테니.

　잠시 후 또 메시지가 들어왔다.

　─ 문 앞에 있어.

　방문을 열어 보니 문 앞에 페트 물병이 하나 놓여 있었다. 남편은 거실에서 멀찌감치 서서 지켜보고 있었다.

　"고마워."

　남편은 대답 대신 미간을 좁히고 입술을 앙다물었다. 남편속이 증기 보일러처럼 끓어 터지기 직전이라는 신호였다. 신혼 때 그런 표정으로 고함을 지르던 남편에게 맞아 눈두덩이 퍼렇게 멍든 적이 있었다. 같이 살고 있던 시어머니는 말리긴커녕 "맞을 만했으니 맞았지. 여자가 어딜 감히 남자에게 대들어"라고 남편의 폭력을 정당화해 주면서 나의 자존감을 무너뜨렸다. 딸아이가 태어나고 시어머니가 돌아가시고 피차 나이가 들면서 폭력은 사라졌지만 욱하는 성격까지 완전히 없어진 건 아니었다.

귀퉁이가 날아간 거실 탁자가 보였다. 남편의 분노 수위가 올라가고 있었음에도 내 감정을 끊지 못해 계속 퍼붓다가 폭발해 버린 남편의 흔적이었다.

중국 우한에서 시작된 신종 폐렴 코로나19 때문에 남편이 출강하던 문화센터가 예방 차원에서 폐강된 후, 남편은 대부분의 시간을 집에 머물러 있었다. 매일 세 끼 차려내는 밥상도 힘든데 남편은 반찬 투정까지 보태 나를 힘들게 했다. 소파와 한몸이 되어 텔레비전을 보며 물 떠 와라, 커피 타 와라, 술안주 내와라, 연방 부려먹는 데에 마침내 나의 인내심도 한계에 도달했다.

나는 화를 내는 동시에 다다다… 차곡차곡 쌓였던 묵은 울분까지 토해냈다. 남편은 눈을 부라리며 금방이라도 주먹을 날릴 듯 공포 분위기를 조성했지만 그 정도에 두려움을 느낄 나이는 지났다. 더 세게 몰아붙이자 잠시 밀리는 듯하던 남편이 에

이씨! 욕지기와 함께 들고 있던 티브이 리모컨을 힘껏 집어던졌다. 리모컨은 나무 탁자에 정통으로 맞았다. 얼마나 큰 분노를 담았는지 탁자가 움푹 패고 귀퉁이 일부 나무 조각이 부서져 나갔다. 순간 남편도 놀라 움찔하였지만, 나는 마치 내가 맞아 살이 찢긴 듯 충격을 받았다.

결혼하고 처음으로 가출을 감행했다. 오리털 점퍼만 걸치고 무작정 나왔다. 막상 갈 만한 곳이 없었다. 시장 갔다 온 뒤라 다행히 주머니에 얼마간의 돈과 카드가 있었다. 나는 서울역으로 나가 기차를 타고 얼마 전 결혼한 딸이 살고 있는 대구로 향했다.

별안간 들이닥친 나를 보고 딸과 사위는 의아해했다. 놀러왔다고 해봐야 집에서 나온 부스스한 차림 그대로를 보고 속을 리도 없어서 사실대로 말했다. 딸과 사위는 때늦은 사랑싸움쯤 여겨 심각하게 받아들여 주질 않았다. 딸은 남편에게 전화를 했다. 엄마가 여기 있으니 걱정하지 말라고 하는 딸의 말에 이어 남편의 목소리가 전화기를 뚫고 들렸다.

"네 엄마 당장 올라와 사과하라고 해라. 안 그러면 이혼이다!"

그 순간 딸이 발끈했다.

"아빠야말로 사과해! 아빠가 한 건 가정폭력이라고. 이혼당할 사람은 엄마가 아니라 아빠야!"

공부를 잘해 의대까지 간 딸이었다. 늘 자기 닮았다고 주장하며 끔찍스레 귀여워하던 딸의 공격에 당황한 건지 전화기 너머가 조용해졌다. 전화를 끊은 딸은 적극적으로 내 편이 되었다.

"당분간 돌아가지 마. 이참에 엄마가 얼마나 소중한 사람인지 깨닫게 해주게. 그러려면 아빠가 고생을 좀 해봐야 해."

다른 이유로 사위도 서울행을 막았다.

"코로나19도 피할 겸 오신 김에 푹 쉬었다가 서울이 좀 잠잠해지면 가세요. 전국적으로 매일 새로운 확진자가 나타나고 있는 중이지만 대구는 아직 청정 지역이잖아요."

대학병원에 근무하는 딸과 사위가 모두 나간 뒤 빈집에 홀로 남았다. 할 일이 없으니 생각만 많아졌다. 이혼도 생각해 보았다. 이 나이에 홀로서기 한다는 게 처음에는 두려웠는데 시간이 지나니 안 될 것도 없을 거 같았다. 몸도 건강하니 무얼 해도 살 수 있을 거 같았다. 재산의 반도 챙겨 나올 것이다. 이혼 후 힘들어할 남편의 모습은 상상만으로도 통쾌했다. 물 한번 제 손으로 떠먹지 않던 사람이 밥인들 제대로 챙겨 먹을까.

하루가 지루하고 더디 갔다. 텔레비전과 이야기하고 청소하고 빨래하고 밥하는 거 외엔 할 일도 없었다. 시장도 가보고 백화점도 나가 봤지만 흥미가 없었다. 공원을 가도 2월이라 아직 꽃도 피지 않아 볼 만한 풍경도 없었고 준비해 온 옷이 없어서 딸애 옷을 빌려 입고 다니니 차림도 불편했다. 한때 화가도 꿈꾸었고 시도 끄적일 만큼 감성이라면 누구에게도 지지 않았는데 어느새 이렇게 되었나, 씁쓸하기도 했다.

유일한 즐거움은 내가 준비해 둔 저녁을 맛있게 먹는 사위와 딸을 보는 것이었다. 밥을 먹고 나자 그릇을 챙겨 설거지를 시작하는 사람은 사위였다. 설거지통에 손을 집어넣고 있는 사위를 보기 편치 않았다. 딸을 나무라자, 사위가 아니라고 손을 내저었다.

"전 같이 집안일을 하는 게 재미있어요. 게다가 이번 주 설거지는 제 차례인 걸요."

차라리 내가 하겠다고 일어서자 막으며 딸이 핀잔을 주었다.

"집안일은 왜 무조건 여자가 해야 한다고 생각해? 가만 보면 엄마 잘못도 커. 아빠를 혼자서는 아무것도 못하게 만든 사람은 엄마니까. 엄마는 생활의 즐거움을 아빠에게서 빼앗았던 거라고. 그러고는 이제 와서 억울해하지."

"그건 네 세대에나 통하는 이야기지. 우리 땐 그렇질 못했어."

"그때도 다 엄마처럼 살진 않았어."

딸과의 대화는 자꾸 엇나갔고 말을 할수록 자존심만 상했다. 사위는 내 집처럼 편히 지내라고 말했지만 '내 집인 것'과 '인 것처럼'은 많은 차이가 있었다.

대구에서는 사흘밖에 머물지 못했다. 불편해서가 아니었다. 대구에서도 결국 확진자가 나타났기 때문이었다. 전국에서는 31번째라는 확진자가 나타난 다음날 대구·경북 지역에서 폭발적인 바이러스 감염 확진자가 나타났다. 딸과 사위는 본격적인 창궐의 시작 신호일지 모른다며 서울로 돌아가라고 했다.

"그렇다면 너희들이 더 위험한 거 아냐? 늘 환자들을 만나는데 그러다가 확진자에게 감염될 수도 있잖아."

"우린 의사야. 어려움에 처한 환자를 돌보는 건 우리들의 의무이고. 엄마는 우리한테 마음 쓰지 말고 아빠를 챙겨 줘. 아빠 당뇨에 고혈압이 있잖아. 그런 기저질환이 있는 사람이 바이러스에 감염되었을 때 치명적이 될 수 있어."

"중국 우한을 보니 의사나 간호사들이 밀려드는 환자들 땜에 쉴 틈도 없고 위험에도 노출되어 있더라. 이왕 온 거 내가 옆에서 너희들 식사라도 챙겨 줄게."

"엄마가 옆에 있으면 신경이 쓰여. 가 주는 게 나아."

매정할 만큼 잘라 버리는 딸이 시키는 대로 마스크를 끼고 서울행 기차를 탔다. 딸 내외가 걱정도 되었지만 집에 돌아갈 수 있는 명분이 생긴 걸 은근히 반기는 마음도 있었다. 서울역에서 내려 막 택시를 타려는데 딸에게 전화가 왔다.

"엄마, 잠복기 십사 일간은 집에서 자가격리 해. 대구에서 이곳저곳 다녔다고 했잖아. 그러다 드러나지 않은 환자랑 마주쳤을 수도 있어. 어떤 환자들과 접촉했는지 모르는 우리랑도 같이 있었고. 여기 상황이 워낙 심각하니 엄마도 안심할 수 없어. 아빠와도 접촉하면 안 돼. 내가 아빠한테 자가격리에 대해 자세히 설명해 둘게."

어릴 때부터 유난히 돈독하던 부녀 사이였다. 날 걱정하는 게 아니라 혹시 아빠에게 감염시킬까 걱정하는 것처럼 들렸고 나를 서울로 돌려보낸 것도 아빠가 걱정되어서였구나, 살짝 꼬인 마음도 들었다.

"엄마가 안방을 쓰는 게 좋을 거야. 화장실이 딸려 있으니. 아빠에게 체온계, 비누, 소독제, 마스크도 충분히 준비해 두라고 할게. 방안에 전자레인지하고 커피포트를 들여놓고. 즉석밥이나 군것질거리, 요리하지 않고 먹을 수 있는 음식 같은 것들도. 2주간은 집 밖 출입하지 말고 방에서도 안 나간다고 생각해. 아빠와 이야기를 할 일이 있어도 최소한 2미터는 떨어져서 이야기하고. 또…."

딸이 말하는 구체적인 자가격리 방법을 듣자 긴장과 함께 조금씩 현실감이 느껴졌다.

서울에 도착한 즉시 자가격리가 시작되었다.

남편은 자기와 마주치지 않아야 한다는 수칙은 철저히 지켰다. 하지만 식사 준비나 청소, 빨래 같은 집안일은 여전히 내 몫이라고 생각했다. 외출 금지인 나 대신 시장을 가거나 세탁소 출입한 것만도 남편으로서는 낯선 경험이겠지만 부엌에 던져놓은 찬거리들을 보니 짜증이 났다. 죄다 손 많이 가는 거밖에 없었고 부엌일을 해본 적 없던 사람이라 중구난방이었다. 엄청난 양의 쪽파를 보니 언제 저걸 다듬나 한숨이 났는데, 파김치 담으려니 마늘이나 액젓이 없었고 전을 부치자니 부침가루가 없었다. 육개장이 먹고 싶다며 소고기도 사왔지만 무나 파를 비롯한 부재료는 없었다. 그러면서 자기가 마실 맥주나 땅콩, 마른 오징어 같은 안주들은 빠짐없이 잘 챙겼다.

나는 널브러진 재료들을 정리해 다듬고 씻어 있으면 있는 대로 없으면 없는 대로 음식을 만들었다. 집도 깨끗이 청소하고 밀린 빨래도 했다. 그런 후 방으로 들어가 남편에게 문자를 보냈다.

– 식사 준비 다 해뒀으니 드슈.

반쯤 열어 둔 문을 통해 남편이 방에서 나오는 걸 보며 다시 문자를 보냈다.

– 참, 집 안을 전체 다 소독해야 할 거야. 청소를 하느라 손 안 댄 데가 없어서 그래. 그러고 보니 음식들도 그렇네. 밥솥에 든 밥은 뜨거우니 괜찮겠지만 다른 것들은 어떨까 걱정돼. 나물은 손으로 무쳤고 다른 음식들도 간을 봐가며 만들었어. 그릇들도 전부 손댔어. 그동안 먹은 그릇들을 하나도 씻지 않고 잔뜩 모아 두었기에 설거지부터 했거든.

식탁에 앉아 숟가락을 들면서 문자를 보던 남편이 주춤 손을 멈추었다. 그리고 나를 향해 고함을 질렀다.

"왜 고무장갑을 끼지 않았어!"

"당신이 늘 나물은 손맛이라고 했잖아. 그리고 비닐이나 고무장갑도 마찬가지야. 그걸 끼려면 결국 내 손을 써야 하거든. 그렇다고 알코올로 닦은 장갑으로 음식을 만들 수도 없고."

에잇! 툴툴대며 남편은 벌떡 일어나 나가 버렸다. 남편이 나간 후 나는 밖으로 나와 내가 만든 음식들을 맛있게 먹었다.

밖에서 식사를 하고 돌아온 남편은 알코올, 솜, 부직포 걸레, 베이킹소다 등 청소도구를 잔뜩 사와 결혼 후 처음으로 혼자서 대청소를 했다. 알코올로 구석구석 닦고 식기는 삶고. 딸만큼 완벽주의자인 남편은 딸에게 전화하거나 내게 물으며 밤늦게까지 집안일을 했다. 나는 문자로 열심히 집안일을 가르쳐 주었다.

이후 남편은 내게 아무것도 시키지 않았지만 처음부터 내 심부름까지 들어준 건 아니었다. 물을 달라고 했을 때 직접 가져다 먹으라고 소리를 질렀다. 나는 문자를 보냈다.

– 알았어. 나, 나갑니다.

나는 냉장고 속에서 물병을 꺼내 들고 갔다. 그리고 다시 문자를 보냈다.

– 냉장고 소독을 해야 될 거야. 내가 손대서 바이러스가 묻어 있을 수

있으니. 아, 내가 맨발로 나가서 발 디딘 곳도 그럴 수 있겠네. 마루도
소독하는 게 안전할 거야.

　결벽증이 있는 남편은 그날 다시 온 집안 소독을 해야 했다.
내가 방 밖을 나가게 하는 것보다 차라리 요구를 들어주는 게
더 낫다는 걸 깨달은 남편은 그 이후 나의 심부름을 군말 없이
들어주었다. 식사는 주로 외식을 했는데, 돌아오면 포장 음식을
방문 앞에 두기도 했다. 직접 밥을 하기도 했다. 그럴 때면 나는
방문을 반쯤 열어 두고 남편의 요리를 코치했다.

　대구에 있는 딸 내외가 걱정되었다. 몇 번이나 전화 한 후에
딸과 연결이 되었다. 우린 건강하다고 하니 딸은 대구는 전쟁터
라고 무겁게 말했다.

　"어제 내 환자가 한 명 죽었어. 아빠 나이인데 아빠처럼 당뇨
와 고혈압이 있었어. 죽음과 삶의 거리가 너무나 가까워. 더 무
서운 건 가장 가까운 사람부터 감염시키게 되는 무증상 감염이
야. 그러니 엄마, 자가격리를 꼭 지키고 아빠도 웬만하면 바깥
출입 피하시라고 해."

　갑갑하긴 하지만 생활은 불편하지 않았다. 화장실도 딸려 있
고 내가 살아갈 수 있는 최소한의 것들이 방안에 구비되어 있었
다. 그림도 그려 보고 시 비슷한 것도 긁적였다. 휴대폰으로 영
화나 유튜브도 보았고 아무때나 친구와 수다도 떨었다. 피자나

치킨처럼 먹고 싶은 건 핸드폰으로 주문했고 남편이 받아다 내 방문 앞에 가져다 주었다. 고분고분 내 말을 들어주는 남편을 부려먹는 즐거움도 있었다.

내게 안방을 뺏긴 후 남편은 거실 소파에서 생활하고 있었다. 그래서 안방 문만 열면 남편을 볼 수 있었다. 남편은 늘 텔레비전을 보고 있었는데, 코로나 관련 뉴스가 아니면 한창 인기 있는 트로트 경연 무대였다. 텔레비전을 보며 맥줏잔을 기울이고 있는 남편을 보면 혼자 자유를 만끽하는 모습이 얄밉기도 했지만 방문을 열었을 때 남편의 모습이 보이지 않으면 불안했다.

자가격리 기간이 끝날 날이 가까워지니 더 좀이 쑤시고 따분했다.

밖이 조용해서 방문을 살짝 열어 보니 남편은 이불까지 덮은 채 소파에 누워 눈을 감고 있었다. 맨날 시끄럽던 텔레비전도 켜져 있지 않았다. 심심해진 나는 문자를 보냈다.

– 책 하나 갖다 줄래? 제목은 '혼자서도 행복하게 살 수 있다'. 책꽂이에 꽂혀 있을 거야.

사실 그런 제목의 책은 없었다. 그 책 제목의 의미를 생각하며 열심히 책장을 뒤질 남편을 생각하며 혼자 킥킥댔는데 한참 동안 답이 없었다.

"여보!"

방문을 열고 소리치자 남편이 느릿느릿 고개를 돌려 나를 보았다.

"문자 보낸 거 좀 봐!"

남편은 천천히 팔을 뻗어 탁자 위의 휴대폰을 들었다. 메시지를 본 남편이 힘없이 말했다.

"나 좀 쉬게 해줘. 온몸이 쑤셔."

안 하던 집안일에 내 시중까지 들어주느라 몸살이 났나. 살짝 미안해지는 순간 남편이 쿨룩대며 기침을 했다. 거실에서 자더니 결국 감기에 걸렸구나. 열이 있는지 체온을 재보라고 하려다 생각하니 체온계는 내가 가지고 있었다. 남편이 중얼대듯 말했다.

"목이 따가워."

어쩐지 나도 머리도 아프고 목도 따가운 거 같았다. 나는 체온계를 귀에 꽂아 내 체온을 재어 보았다. 37.1. 다시 재니 36.9도였다. 정상 체온으로 봐야 하나? 아닌가?

체온계를 들고 방문 밖으로 나갔다. 쿨룩쿨룩, 나는 눈감은 채 얇은 담요를 둘둘 말고 웅크린 채 기침을 하는 남편을 내려다보았다. 염색할 때가 지난 회백색의 머리카락이 불길하게 흔들렸다. 광대뼈가 도드라진 옆얼굴이 그새 많이 말라 보였다. 거실은 썰렁했다. 방을 두고 굳이 거실에서 생활했던 남편은 나의 건강 상태를 늘 확인하기 위해서가 아니었을까, 라는 생각이 문득 들었다.

체온계를 내밀려다 손을 멈추었다. 딸의 말이 떠올랐다.

아빠 같은 기저질환 있는 사람이 가장 위험해. 그러니 아빠와는 2미터 이상 거리를 둬. 무증상 환자는 가까운 사람부터 감염시키니까.

남편이 천천히 눈을 떴다. 눈이 충혈되어 있었다.

"가까이 오지 마. 신문에서 본 코로나 증상하고 비슷한 거 같아. 식당에서 주로 밥을 먹었고 슈퍼도 들락댔으니 그런 데서 감염됐을지도 모르잖아."

철렁, 심장이 떨어졌다! 돌아서지도, 다가가지도 못한 채 서 있는데 남편이 다시 기침을 했다. 쿨럭쿨럭.

나는 손에 들린 체온계의 36.9 숫자를 먹먹하게 내려다보았다.

임재희

립스틱

박도식은 정오 뉴스를 들으며 라면 두 개를 냄비에 넣고 끓였다. 마지막 남은 계란도 깨서 풀었다. 5천 명 넘은 게 어제 같은데, 6천! 그는 방금 들었던 뉴스가 믿어지지 않아 혼잣말로 중얼거렸다. 검은 눈동자가 불안하게 일렁이다 잦아들었다. 텁텁한 면발 냄새가 빈속을 쓸었다. 창고 입구 쪽을 힐끗거리며 라면을 휘저었다.

　　약속 시간이 한참 지나도 사장은 오지 않았다.

　　남은 라면이 불어터질 때쯤 문자 하나가 날아들었다.

　　– 죄송합니다. 창고에 남은 물건이라도….

　　치우고 가라는 말인지 가져가라는 말인지 뒷말이 없었다. 통화 버튼을 누를까 망설이다 관뒀다. 며칠째 전화를 해도 연결되지 않았다. 두 달치 밀린, '수고비'라고 부르기도 민망한 돈을 받기로 한 날이었다. 쓸고, 버리고, 접고, 붙이고, 씻고,

포장하고. 일주일에 사흘. 일흔을 넘긴 그에겐 용돈벌이 이상이었다. 벌써 3년째군. 박도식은 거의 뼈대만 남은 창고를 휘둘러보며 중얼거렸다. 시멘트 바닥에서 냉기가 차올랐다. 라벤더향이 희미하게 남아 있었다.

박도식은 북한산 보국문 정거장에서 신설동 방향 전철에 탑승했다. 전 구간 지하로 운행되는 2량짜리 무인 경전철이었다. 기관사가 없다는 말은 전철 안에 한 사람의 '예비 확진자'가 없다는 말과 다르지 않았다. 사람이 사람을 가장 무서워하는 시국이었다. 그는 앉을 곳을 찾아 두리번거렸다. 서로 뚝뚝 떨어져 앉은 승객들의 검은 머리가 듬성듬성 놓인 징검다리 같았다. 깊은 강 앞에 선 사람처럼 아찔했다. 물이 무서운 게 아니라 깊이를 알 수 없어 두려웠다. 빠지거나 건너거나 둘 중에 하나. 늘 선택의 문제만 남았다. 그는 손에 들고 있던 쇼핑백을 꽉 움켜쥐고 손잡이를 단단히 잡았다.

평년 주말 오후였다면 만원이었을 시각이었다. 등산복 차림의 승객들이 초여름 대나무숲처럼 빼곡할 때였다. 서로 붙어 서서 온기와 습기를 나누고, 막걸리 냄새를 산소처럼 호흡하며, 북…, 적, 북적. 상춘객들을 태운 관광열차처럼….

그랬는데…. 북적, 북적….

그는 희미한 허브향처럼 멀어진 단어를 속으로 중얼거렸다. 그런데 오늘은, 오늘은, 두 칸을 다 합쳐도, 승객 열댓 명뿐인 오늘은, 오늘을 딱히 뭐라 부를까….

적…, 적막?

박도식은 갑자기 화들짝 놀라는 표정을 지었다. 창고 문을 닫고 돌아설 때 느꼈던 그 기이한 감정이 불쑥 고개를 들이밀었다. 오랜 친구의 부고를 들은 기분이었다. 그는 불길한 생각에 사로잡힌 자신을 책망하듯 고개를 저었다. 마른 입술을 달싹거리며 '적막'이란 단어를 목 뒤로 삼켰다. 바람 소리가 기다렸다는 듯 입술 밖으로 삐져나왔다.

텅, 윙, 핑, 쏭….

김다예는 전철에 탑승하자마자 빈자리를 찾아 바로 앉았다. 점장 전화를 받고 열흘 만에 출근하는 길이었다. 예약 손님이 있는 저녁 시간에 잠깐 오픈할 거라고 했다. 이 시국에? 놀랍고도 감사할 일이었다. 그녀는 계속 누군가와 통화를 시도했다. 자동응답기만 나왔고 속은 부글부글 끓었다. 거의 일주일째 하루 수십 번 통화를 시도했는데 오늘도 허사였다. 누군가 직접 전화를 받고 그녀의 하소연만 들어준다면 살 것 같았다. 호텔로 직접 걸어도 환불은 예약 사이트로 문의하라는 말만 반복했다. 차라리 손전화를 던져 버리고 싶을 정도였다. ARS의 녹음 내용이 이명처럼 들렸다. 출구 쪽에 어정쩡하게 서 있는 초로의 남자가 눈에 들어왔다. 남자의 눈코입이 다 보였다. 완전 정상인데 완전 비정상이었다. 금방 고개를 돌리지 못했던 이유도 그 때문이었다.

전철은 검은 지하 동굴을 빠져나가고 있었다. 다예는 두 눈을 감고 생각에 잠겼다. 지난 1월 초, 서울 최고급 호텔 1박2일 숙박권을 덜컥 구입했다. 온몸에 고기 냄새를 잔뜩 묻힌 채 알바를 끝내고 돌아온 밤이었다. 씻지도 않고 침대에 누웠다. 인스타그램에 올라온 사진들에 넋을 놓았다. 누군가 생일 선물로 호텔 1박권을 받았다며 올린 사진들. 주름 없이 팽팽한 하얀 침대 위에 그대로 눕고 싶었다. 욕실은 그녀의 방보다 컸다. 보송보송하고 도톰해 보이는 목욕 가운은 부드럽고 따뜻해 보였다. 맑은 물로 가득 채워진 흰 욕조는 그녀의 침대보다 안락해 보였다. 어른 머리보다 더 큰 샤워기는 금빛으로 빛났다. 총천연색 야경이 창문에 걸려 있었다. 활짝 핀 분홍 장미가 놓여 있는 티테이블….

감탄과 욕이 동시에 터져 나왔다. 소유할 수 없는 것들이었다. 평생을 기다려도 오지 않을 것들이었다. 그래서 더 욕심이 났다. 그녀는 대단한 진리라도 발견한 사람처럼 갑자기 무릎을 탁, 쳤다. 잠시 머물 수는 있잖아! 그녀는 한눈에 다 보이는 자신의 공간을 둘러보며 소리쳤다. 옆방의 신음 소리까지 들리는 토굴 같은 방. 작은 책상 하나와 합판과 시트지로 만든 옷장. 눅눅한 냄새가 나는 매트리스. 봄이면 그녀의 22번째 생일이었다. 2020년 22번째 생일. 그것만으로도 이유는 충분했다. 룸 하나 남았음. 최저가보다 15% 저렴. 6개월 할부. 마감 임박!! 광고 문안들이 반짝거리며 달려들었다. 다예는 스스로를 어쩌지 못했다. 낚싯바늘에 꿰인 물고기처럼 끌려가듯 예약 버튼을 덥석 눌렀다. 자신이 한 일이지만 자신이 했다고 믿을 수 없는 기이한 시간들이 흘렀다. 알바가 끊길 거라는 건 상상도 못 했다. 거의 두 달치 월세와 맞먹는 돈을 1박2일 놀이에 쏟아 부었다.

갑자기 전철이 한 번 움찔했다. 한 발짝 뒤로 갔다가 다시 중심을 잡고 앞으로 가는 사람처럼 주춤거렸다. 박도식은 고개를 조금 까딱하다 멈췄다. 다른 승객들도 하나 둘 고개를 들었다. 누군가, 어머, 고장인가? 중얼거렸다. 전철은 다시 아무 일 없다는 듯 움직였다. 승객들은 다시 핸드폰 액정 속으로 고개를 숙였다. 그중 한 사람이 다시 고개를 들었다.

어머, 저 사람 마스크도 안 썼네!

승객들의 시선을 느낀 박도식은 저도 모르게 손으로 입을 막았다. 어눌한 걸음걸이로 빈 좌석을 향해 갔다. 검정 패딩이 박도식이 옆에 앉기도 전에 백팩을 집어들고 획 일어섰다. 그때 다시 전철이 크릉 소리를 내더니 깔딱깔딱했다. 박도식은 자신이 뭔가 잘못해 벌어진 일인 것만 같아 몹시 당황한 듯 보였다. 뒤로 가는 느낌처럼 전철이 쓰윽 밀리더니 다시 앞으로 가지 않았다. 내부 전등이 몇 번 깜빡이다 일부가 꺼졌다. 사람들이 어머, 어머, 소리치며 우우 일어섰다. 전철이 다시 용트림을 하듯 앞으로 약 2초간 움직였을 때 박도식은 중심을 잃고 그대로 바닥에 넘어지며 쇼핑백을 놓쳤다. 새끼손가락처럼 가늘고 긴 총천연색 플라스틱들이 경쾌하게 통통 소리를 내며 바닥에 흩어졌다. 맞은편에 앉아 있던 체크무늬 스카프가 벌떡 일어섰을 때 발밑에서 뭔가 으깨지며 탁, 소리가 났다. 체크무늬 스카프는 밀봉된 바이러스 통이라도 밟은 것처럼 악! 소리를 내더니 기우뚱했다. 갑자기 이상한 사람이 타더니 별일이네! 앞칸 승객들이 잘 훈련된 병사들처럼 우우 뒤칸으로 이동했다.

신호 체계 오작동으로 멈췄다는 안내 방송이 흘러나왔다.

갑자기 많아진 승객들로 뒤칸이 어수선해졌다.

아니, 이렇게 바로 옆에 앉으면 어떡해요? 2미터! 차라리 그냥 서서 갑시다. 가방 좀 치우세요, 사람이 앉아야지. 누가 저 잡상인 신고 좀 해요. 껌을 파는 것도 아니고, 이 시국에 립스틱이라니? 노인 택배 아니야? 이상한 사람이네. 마스크도 안 쓰고. 이상한 교회 다니는 사람 아니야? 다 이 칸으로 오고, 저 사람 여기 못 오게 해야 해요! 중간에 문이 없어요! 어머, 두 칸이라도 중간에 문이 있어야 되는 거 아니에요? 공기

차단이 안 되는데. 뭐라도 뒤집어씌워야지. 그냥 신고해요! 신고! 아줌마, 얼굴 좀 저리 돌리고 말씀하세요! 마스크 꼈어요. 그래도요! 근데 저 아가씨는 왜 아직 저기…?

다예는 뒤칸에 있는 사람들을 바라보았다. 모두 그녀를 바라보며 웅성거리는 것이 우스웠다. 아니 이 모든 상황이 정말 이해할 수 없었다. 전철은 움직임을 멈췄다. 검은 지하 동굴 안에 모두 갇혔다. 모두 살겠다고 징징거렸는데 아무도 고장에 대해 묻는 사람이 없었다. 세상이 미쳐 돌아가는 것만 같았다. 우연히 앉은 자리였는데 뒤칸보다 그녀가 앉아 있는 앞칸이 더 어두운 것도 억울한 일이었다. 이런 상황에 마스크도 안 쓴 사람과 같은 칸에 탈 건 또 뭐람. 모두 조작된 불행 같았다.

박도식은 바닥에 흩어져 있는 립스틱을 하나하나 주워 박스에 담았다. 뭐 하자고 이걸 가져왔던가. 후회가 일었다. 창고 선반 위에 박스 몇이 보였을 때 흔들렸다. 지난겨울 그가 스티커를 붙인 박스들이었다. '향기와 보습', '바닐라버터와 장미꽃 추출물로 만든 천연 재료 립스틱'. 광고문을 줄줄 외울 정도였다. 겨울 내내 인기 상품이었다. 젊은 사장은 신이 났고, 덕분에 그도 수고비를 조금 더 받았다. 죄송합니다. 창고에 남은 물건이라도…. 수고비 대신 가져가라는 말인가. 그렇게 믿고 싶었다. 등 뒤에 CCTV가 있어 오히려 더 편하게 물건을 담아 나온 길이었다.

뒤칸 승객들이 다시 웅성거렸다.

전에 의정부 경전철도 30~40분 멈췄잖아요. 작년에 부산 김해 경전철이 멈춰서 승객들이 한 시간이나 갇혀 있었다는 뉴스도 들었어요. 어휴, 이 좁은 공간에 확진자 한 명이라도 있으면 우리 다 감염되는 거 아니에요? 몇몇은 가방을 열고 주섬주섬 마스크 하나를 꺼내 덧대어 썼다. 중절모가 참지 못하고 앞칸에 앉아 있던 박도식을 향해 소리쳤다.

거 쇼핑백이라도 머리에 쓰세요, 아저씨! 양심이 있으면!

다른 승객들이, 쓰세요! 쓰세요! 5천, 아니 6천이 넘었대요! 합창했다.

박도식은 립스틱을 박스에 다 주워 담고 자리에 앉았다. 플라스틱 쇼핑백을 툭툭 털어 머리에 뒤집어썼다. 어깨까지 쏙 들어가는 게 제법 아늑했다. 그는 상념에 빠진 사람처럼 눈을 질끈 감았다. 평생 남에게 폐 끼치지 않고 살겠다고 다짐했는데, 모든 게 뜻대로 되지 않았다. 마스크는 언제 어디에서 잃어버렸는지 기억도 나지 않았다. 창고에서 라면을 먹고 화장실에서 틀니를 빼고 입을 헹궜다. 마스크를 쓰고 햇볕을 쬐던 기억도 난다. 그때까지 있었다. 분명하다. 분명한가? 아니다. 아무것도 확신할 수 없다. 눈앞이 뿌옇다. 전철에 들어섰을 때 사람들의 시선을 느꼈다. 손으로 얼굴을 더듬었다. 입술이 만져서서 황망했다. 어쩌다 또 잃어버렸다는 말인가. 멈춰선 전철처럼 기억이 자꾸 고장이다. 그는 눈을 뜨고 앞을 바라보았다. 맞은편에 사람이 앉아 있었다. 혼자 남은 게 아니었구나.

전철이 기지개를 켜듯 몸을 틀었다. 전철 안에 불이 다시 환하게 들어왔다. 뒤칸에 있던 사람들이, 아, 아! 했다. 그래도 아무도 앞칸으로 이동하는 사람은 없었다.

다예는 발밑에 떨어진 립스틱을 주워 들었다. 인터넷 쇼핑몰에서 봤던 립스틱이었다. 그녀는 언제 립스틱을 마지막으로 칠했는지 기억도 나지 않았다. 박도식이 두 손바닥을 위로 치켜 올리며 가져요, 가져요, 했다. 다예는 조금 망설이다 손에 쥐었다. 고맙습니다. 고개를 까닥, 했다. 가방에서 손소독제 스프레이를 꺼내 립스틱 케이스 위에 듬뿍 뿌렸다.

박도식이 고개를 길게 빼고 전철이 가는 방향을 바라보았다. 그가 숨을 내쉴 때마다 조금 올라갔던 어깨가 조금 내려갔다. 반투명 네모난 플라스틱 쇼핑백이 조금씩 들먹였다. 북, 적, 막, 북, 적, 막…. 낮게 흥얼거렸다. 입김 때문인지 시야가 저 혼자 흐려지다 맑아졌다.

다예는 그 미미한 움직임을 놓치지 않고 바라보았다. 그녀는 다시 통화 버튼을 눌렀다. 익숙한 ARS 음성이 흘러나왔다. 통화 버튼을 껐다. 충분히 저항했다는 생각이 들자 만족스러웠다. 가방에서 손거울을 꺼냈다. 마스크를 턱밑으로 내렸다. 핫핑크 립스틱을 입술 위에 꾹 눌렀다.

이재은

코로나, 봄,
일시정지

두이와 포는 코끼리는 생각하지 않기로 했다. 그들은 종종 코끼리가 냉장고에 들어가는 게 취직보다 쉽겠다고 자조했고, 그 때문에 많이 낙심했었다. 겨울에는 모집 공고가 적어 봄을 기다렸는데 코로나바이러스로 분위기가 점점 심각해지더니 사회의 풍경이 바뀌어 버렸다. 취직보다 생명을 지키는 일이 먼저였다.

그들은 자기소개서를 쓰는 대신 잰말 놀이를 즐겼다.

들의 콩깍지는 깐 콩깍지인가 안 깐 콩깍지인가. 깐 콩깍지면 어떻고 안 깐 콩깍지면 어떠냐. 깐 콩깍지나 안 깐 콩깍지나 콩깍지는 다 콩깍지인데.

실수한 사람이 밥을 하고, 설거지를 하고, 빨래를 널었다. 빠르고 정확하게 해낸 사람에게 넷플릭스 신작 선택권이 주어졌다. 어제 포는 '백 법학박사는 박 법학박사의 친구고, 박

법학박사는 백 법학박사의 친구다'에 이어 '신인 샹송 가수의 신춘 샹송 쇼우'에서도 발음이 꼬이는 바람에 하루 종일 입이 나와 있었다.

나가 버릴까,

라고 했는데 두이는 말리지 않았다.

마스크 쓰고 나가.

공적 마스크를 사려면 마스크를 쓰고 외출해야 했기 때문에 집에는 마스크가 넉넉하지 못했다. 아껴야 했다.

포는 일인용 소파에, 두이는 맞은편 책상 앞에 있었다. 좁은 공간 탓에 거리 두기가 쉽지 않았다.

내가 어릴 때 어떤 아이였는지 얘기했었나?

그랬었나?

들어 볼래?

그래 보자.

포는 두이가 키보드에서 손을 떼는 걸 바라보았다. 지금은 글렀다고 하면서도 틈만 나면 자기소개서를 다시 쓰곤 한다는 걸 포는 알고 있었다. 두이는 성공만 나열하는 '스펙 6종 세트'보다 도전과 경험을 길게 적는 것이 합격에 유리할 거라고 했다. 그는 마이클 조던의 '실패Failure' 광고에 나온 문구를 어디에나 인용했다. "농구 선수로서 나는 9,000개 이상의 슛을 실패했고, 거의 300회의 게임에서 패배했다. 나는 실패를 거듭한 삶을 살았다. 그것이 내가 성공할 수 있었던 이유다."

나는 말을 잘하는 아이였어.

포가 말했다.

두이는 믿기지 않는다는 얼굴이었다.

포는 스무 살 때 입시 실패, 어머니의 사망, 교통사고를 한꺼번에 겪고 잠시 실어증을 경험했다.

일곱 살 때였는데 집에 막내 이모가 놀러왔어. 나는 안녕하세요, 가 아닌 그동안 무탈하셨어요, 이모? 저는 잘 지냈어요, 라고 했지. 막내 이모는 나를 내려다보더니 쪼그만 게 어른 말을 흉내낸다며 앙큼하다고 했어. 징그럽다고 덧붙였던 것도 같아. 그때 할머니가 이렇게 말씀하셨어.

코 묻은 말이라고 허투루 듣지 마라. 어린애다운 게 따로 있는 게 아니야. 선한 생각에서 나온 말이면 다 통하는 거다.

코 묻은 말? 그런 말도 있어?

두이가 끼어들었다. 포는 집게손가락을 세워 잠깐 기다리라는 신호를 보냈다.

전화도 뜸하고, 집엔 오지도 않고, 안 그래도 너 어떻게 지냈는지 엄마도 궁금했었다. 노력도 좋고 꿈도 좋지만 가끔 바람도 쐬고 하늘도 올려다보고 그래야지. 무슨 일 있는 거 아니지? 밥은 챙겨 먹고 다니니?

할머니의 말에 막내 이모가 펑펑 울기 시작했어. 식탁에는 당근이니 오이니 파프리카 같은 게 길쭉하게 썰어져 있고 간고기와 땅콩소스, 겨자소스가 짭짤하고 고소한 냄새를 풍기고 있었어. 막내 이모의 울음소리는 그치지 않았어. 이모는 그때 서울에서 혼자 살았는데 준비하던 시험에 연거푸 실패하면서 지쳐 있었던 모양이야. 나는 무탈하느냐는 말을 어른의 대화 속에서 주워 듣고 적절한 순간에 툭 내뱉을 정도로 똘똘했지만 성인의 세계를 이해할 만큼 조숙하지는 않았어. 울고 있는 막내 이모를 나 몰라라 하고,

할머니 이거 뭐예요? 홍당무예요? 뭐에 싸먹는 거예요? 매운 거예요?

배고파요, 밥 주세요, 물 주세요,

성가시게 굴었지. 나 때문에 할머니가 분주해졌고 그 바람에 막내 이모도 밥을 먹게 됐어. 월남쌈 페이퍼를 따뜻한 물에 살짝 적셨다가 각종 야채와 고기를 넣고 돌돌 말아 소스를 찍으면 입을 크게 벌릴 수밖에 없었어. 조금씩 명랑해졌지. 나는 할머니가 싸준 쌈을 입에 욱여넣다가 채소를 흘리고 소스를 옷에 묻혔을 거야.

어떤 뇌의 작용으로 그날 저녁이 이토록 또렷하게 기억나는지, 그 일이 왜 지금 떠오른 건지 모르겠어.

두이는 검지로 콧방울을 톡톡 쳤다.

코 묻은 말이라니, 정말 재미있는 표현인걸.

응.

준말 만들어도 돼?

코말이야?

코말, 알약 이름 같지 않아?

고양이 울음소리가 들렸다. 요즈음엔 어느 집에서나 고양이를 키우는 것 같았다. 길냥이인지도 몰랐다. 포와 두이는 고양이를 싫어했다. 강아지도 마찬가지였다. 반려동물을 들이게 되면 세상에서 제일 못생긴 거북이를 기르고 싶다고 두이는 말했었다.

아버지한테 연락해 봤어?

포가 빨래를 걷으며 물었다.

다섯 걸음 떨어졌을 뿐인데 먼 데를 향해 소리 지른 것 같아서 조금 민망했다.

아니.

해보지.

뭐 하러.

그래도.

포는 두이에게 종종 가족의 안부를 물었다. 두이는 무소식이 희소식이라는 빤한 말로 어물거리지 않고

아버지도 나도 일시정지 중이니까,

라고 변명했다.

두이는 지난여름에 커밍아웃했고, 집을 나왔다. 일시정지가 너무 오래 지속되고 있었다. 포의 충고와 권유, 격려와 부탁에도 두이는 재생 버튼을 누르지 않았다.

포는 두 팔 가득 빨래를 안고 거실로 돌아왔다.

그렇게 어색하면 여보세요, 말고 '땅바닥 다진 닭발바닥 발자국 땅바닥 다진 말발바닥 발자국'을 중얼거려 보면 어때? 이런 시국이니까 이해해 주시지 않을까?

사투리 때문에 못하실 거야.

두이는 큭큭거렸다.

아버지랑 너는 다르구나.

두이는 잠시 생각에 잠겼다.

코말이랑 잰말은 기대하면 안 되지.

그래.

포는 빨래를 개기기 시작했다. 양말을 평평하게 편 뒤 돌돌 말아 공처럼 만들었다. 수건은 세로로 반을 접은 뒤 너비를 줄이고 두께를 늘렸다.

컴퓨터 앞으로 돌아가려는 두이에게,

맥주 마실까?

포가 제안했다.

두이는 핸드폰을 손에 쥐었다. 포도 손에서 수건을 내려놓고 핸드폰을 찾았다.

작은 토끼 토끼통 옆에는 큰 토끼 토끼통이 있고 큰 토끼 토끼통 옆에는 작은 토끼 토끼통이 있다.

작은 토끼 토끼통 옆에는 큰 토끼 토끼통이 있고 큰 토끼 토끼통 옆에는 작은 토끼 토끼통이 있다.

두이가 한 걸 포가 따라했다.

도토리가 문을 도로록, 드르륵, 두루룩 열었는가 도루륵, 도록, 두르룩 열었는가.

이번엔 포가 먼저였다.

도토리가 문을 도로록, 드르륵, 두루룩 열었는가 도로록,

땡.

포가 외쳤다.

갔다 올게.

두이가 일어서서 지갑과 마스크를 챙겼다.

빅 웨이브.

오케이, 빅 웨이브.

포는 반듯하게 접은 옷을 서랍에 넣고 이모에게 메시지를 보냈다.

P는 확진자가 점점 는다는데 괜찮아, 이모?

방과후 교사로 일하는 이모는 개학이 연기되는 통에 실업자나 다름없이 지내고 있었다. 정부에서 재난지원금을 주지 않으면 굶어 죽을지도 모른다며 너 아사라고 들어 봤어? 굶어

죽는다는 말이야, 이모가 그렇게 될지도 몰라.

깔깔 웃었다.

아사. 이모랑 상관없이 예쁜 단어라고 생각했다.

작별 인사는 하고 죽을게.

그 말만 있었으면 걱정했을 텐데 연이어 하트 뿅뿅 이모티콘이 도착해서 안심했다.

포는 키패드에 열한 자리 숫자를 누르고 신호가 가기를 기다렸다. 얼른 심호흡을 했다. 잠시 후 괴괴한 저음의 남자 목소리가 들렸다. 두이에게 농담했던 것처럼 잰말이 튀어나오지는 않았다.

두이는 무탈합니다.

포가 정중하게 두이의 상태를 전했다.

저희는 괜찮으니까 아저씨도 건강하세요.

두이의 아버지는 누구냐고 묻지 않았다.

자네…

그러곤 말을 잇지 않았다.

소리 죽여 흐느끼는 소리가 들리는 것 같아서 귀에서 전화기를 뗐다. 통화 시간이 더해지는 걸 지켜보다가 가만히 종료 버튼을 눌렀다.

포는 잰말 놀이 창을 열었다.

봄 꿀밤 단 꿀밤 가을 꿀밤 안 단 꿀밤.

봄 꿀밤 단 꿀밤 가을 꿀밤 안 단 꿀밤.

두이가 돌아오면 그들은 '지금 뜨는 콘텐츠'의 새로운 에피소드를 구경하면서 나란히 심각해지거나 얼굴이 맹구가 되도록 마주보고 웃을 것이다. 코끼리는 생각하지 않아도 되는 봄밤이었다.

---

* 소설에 삽입한 잰말 놀이는 『나를 표현하는 연습』(전훈 지음, 여름오후, 2019)에 실린 '발음 훈련을 위한 잰말 놀이 40문장'에서 가져왔습니다.

김민효

무반주
벚꽃 엔딩

진애는 손을 뻗어 핸드폰을 집었다.

그녀가 잠을 깬 것은 메시지 도착음 때문이었다. 그녀는 실눈을 뜬 채 시간부터 확인했다. 새벽 네 시를 막 넘긴 시각이었다. 엄마, 정말 잠이 안 와. 메시지를 읽는 순간 명치끝이 뻐근했다. 벌써 닷새째였다. 그녀는 창문으로 시선을 돌렸다. 아직도 캄캄했다. 그녀는 6시 이후에 치러내야 할 일정을 순서대로 짚었다. 어느 것 하나 무겁지 않은 것이 없었다. 아침식사를 준비하는 것부터 온라인 개학을 하는 고3 아들을 정시에 책상에 앉히는 것, 그리고 자가격리 중인 딸의 안부를 확인하는 것까지. 이 모든 것이 10시 이전에 체크하고, 점검하고, 확인해야 할 일들이었다. 저절로 한숨이 나왔다.

남편이 재택근무를 시작하고, 고3 아들이 학원을 쉬면서 그녀는 하루 종일 동동거렸다. 하루 세 끼 식사와 청소와 빨래,

그리고 온라인 장보기 등. 식사 후에는 커피를 내리고 간식을 준비했다. 자가격리 중인 딸의 안부를 확인하고 투정을 받아내는 것은 새롭게 추가된 일과였다. 딸애와는 아직 얼굴도 보지 못했다. 딸애가 거절하는 바람에 화상 통화도 하지 못했다. 그뿐인가. 해당 요일이 되면 약국 앞에서 줄을 섰다. 마스크 두 장을 사는 것은 일 중의 일이었다.

남편과 아들은 청소는커녕 설거지 하나 도와주지 않았다. 수저를 놓기 무섭게 남편은 서재로 출근하고, 아들은 제 방으로 들어가 나오지 않았다. 그녀는 다 이해했다. 남편은 재택근무 중이고, 집안의 유일한 돈줄이니까. 학원도 못 가고 있는 고3 아들은 상전 중의 상전이니까.

진애는 설정했던 알람을 미리 해제했다.

눈꺼풀이 무거웠다. 머리도 천근이었다. 실컷 두들겨 맞은 것처럼 온몸의 근육이 욱신거렸다. 그녀는 손으로 머리를 받친 채 침대에서 빠져나왔다. 잠옷을 벗으면서 그녀는 남편을 돌아보았다. 살찐 곰이 누워 있는 것처럼 보였다. 요사이 그녀의 남편은 코골이가 부쩍 심해졌다. 숨소리는 일정하지 않았고 잠꼬대도 심했다. 꿈속에서도 그는 근무 중이었다. 그는 상사에게 읍소를 했고, 아래 직원에게는 꼰대 근성을 여과 없이 드러냈다. '최대 위기'라는 말은 매일 밤 반복되는 잠꼬대였다.

진애는 휴대폰을 들고 거실로 나왔다.

거실은 관객이 막 빠져나간 영화관 같았다. 그녀는 어질러진 것들을 쓰레기봉투에 쓸어 담았다. 손놀림이 거칠어졌다. 먹다 남은 치킨도 상자째 버렸다. 나뒹구는 맥주 캔을 발로 짓이겼다. 쿨렁, 남아 있던 맥주가 바닥으로 흘러나왔다. 찌그러진 캔들도 쓰레기봉투에 집어넣었다. 분리수거? 그녀는 진심으로 가족으로부터 분리되고 싶어졌다. 거실을 대충 정리한 후 쓰레기봉투를 다용도실에 처박았다. 얼굴이 뜨거워지면서 침이 마르고 손까지 떨렸다. 그녀는 서둘러 안정제를 입안에 털어 넣었다. 스트레스성 공황장애. 의사가 진단한 그녀의 병명이었다. 맥이 풀렸다. 그녀는 주방 바닥에 털썩 주저앉았다.

또다시 메시지 도착음이 울렸다. 연속적으로 울려 댔다. 엄마, 난 탑에 갇힌 라푼젤이 아니야. 딸의 황당한 문자에 화가 치밀었다. 라푼젤이라니? 무슨 개풀 뜯어먹는 소린가. 그럼 내가 마녀란 말인가? 차라리 동화 속 주인공이면 좋겠다는 것과 미칠 것 같다는 다음 문자는 눈에 들어오지도 않았다. 잠이 안 오면 책을 보든가, 아니면 유튜브에 접속해 실없는 농담이나 듣든가, 그도 아니면 배송시켜 준 식재료로 요리를 해서 배터지게 먹어 보든가. 그녀는 밥을 안치고 찌개를 끓이면서 연신 중얼거렸다.

진애는 시간을 확인했다.

아들의 온라인 개강 10분 전이었고, 남편 회사의 화상회의 10분 전이었다. 남편은 일찌감치 커피 한 잔을 들고 서재로 들어갔다. 그녀는 아들 방으로 들어갔다. 아들은 아직도 침대에서 뭉그적거리고 있었다. 책상에 놓아 준 샌드위치와 우유는 아직 손도 대지 않았다. 컴퓨터도 그녀가 켜놓은 그대로였다. 그녀는 문고리를 잡은 채 아들을 지켜보았다. 아들은 마지못해 책상 앞에 앉았다. 아들이 출석 체크를 할 때까지 지켜보다가 그녀는 거실로 나왔다.

진애는 핸드폰을 열었다.

확인도 하지 않고 밀어 버렸던 카톡 메시지부터 확인하기 시작했다. 새벽 배송 완료, 신경정신과 진료 예약 안내, 여고 동창들의 여행 단톡방, 그리고 낯선 이름의 딸…. 그녀는 식탁에 앉아 딸애와의 채팅 창부터 열었다. 라푼젤 어쩌고 하던 문자 이후 너덧 개의 메시지가 더 들어와 있었다. 엄마, 왜 대답이 없어? 아빠는 그렇다 치고 엄마도 내가 귀찮지? 지긋지긋할 거야. 알겠어, 알겠다고. 어차피 여기도 내가 뿌리내릴 곳은 아니었으니까. 내가 아침 준비로 바쁘게 동동거리는 동안 딸애는 계속해서 메시지를 보내고 있었다. 첫 메시지와 마지막 메시지 사이에 흐른 시간은 30분이 넘었다. 메시지 하나를 날린 뒤 10분 이상 내 대답을 기다렸다는 말이다.

어차피 여기도…?

툭.

진애는 들고 있던 핸드폰을 떨어뜨렸다.

그녀는 맥이 탁 풀렸다. 가슴이 벌렁거리고 손발이 후들거렸다. 불안과 두려움과 울화가 마구 뒤섞였다. 가슴에 손을 얹고 심호흡을 했다. 얼굴이 뜨거워지면서 입안이 바짝바짝 말랐다. 그녀는 저녁에 복용할 안정제까지 입안에 털어 넣었다.

아직도 여전히…?

딸애는 닷새 전에 귀국했다. 사실상 그곳에서 도망쳐 나왔다는 말이 맞을 것이다. 멍들고 부푼 눈두덩, 터져서 피가 흐르는 입술, 산발한 머리와 손에 쥐어진 한 움큼의 머리카락. 딸애가 전송한 사진 속 여자는 믿고 싶지 않은 딸애의 모습이었다. 사진을 본 순간 그녀는 4년 전의 악몽이 되살아나 치를 떨었다. 코로나19가 세상을 뒤틀어 버린 이 시국이 원망스러웠다. 딸애가 그쪽 사람으로 동화되지 못한 것은 더없이 분하고 원통한 일이었다.

그녀는 딸이 돌아오지 않길 바랐다. 미국에서 공부하고, 일자리를 얻고, 그곳 사람과 결혼하고, 아이를 키우며 하얗게 늙어 가기를…. 딸의 이름을 미국식으로 바꾸고 얼굴 성형까지 시켜 전혀 다른 여자애로 둔갑시켰던 것은 다 그것 때문이었다. 인터넷에 떠도는 소녀와 아무런 관련이 없는 것처럼, 딸애가 능청스럽게 살기를 그녀는 간절히 바랐었다.

딸애는 전화를 받지 않았다. 연속해서 통화 버튼을 눌렀다. 마찬가지였다. 그녀는 핸드폰을 든 채 자동차 열쇠를 챙겼다. 서재 문을 두드리려다 그만두었다. 문틈으로 흘러나온 남편의 성난 목소리가 그녀를 밀쳐내고 있었다. 그녀는 세상의 모든 문이 한꺼번에 닫힌 것 같았다.

헉.

숨이 막혔다.

현관 앞에는 6시에 배송되었을 식자재 가방이 그대로 놓여 있었다. 덜덜 떨리는 손으로 벨을 눌렀다. 짧게 연속적으로 눌러 댔다. 아무런 반응이 없었다. 주먹으로 현관문을 두드렸다. 아무런 기척이 느껴지지 않았다. 자가격리, 비대면, 비접촉, 이게 다 무슨 소용인가 싶었다. 그녀는 현관 비밀번호를 누르기 시작했다. 몇 번을 눌렀지만 문은 열리지 않았다.

원룸을 계약한 사람도 그녀였고, 현관 키 비밀번호를 변경한 뒤 딸애에게 알려 준 사람도 그녀였다. 그녀는 자신의 기억을 의심했다. 안정제 탓을 하면서 흐려진 기억을 추슬렀다. 그녀는 습관적으로 동원하는 4자리 숫자를 계속해서 눌렀다. 소용이 없었다. 마지막 남은 한 가지 숫자에 희망을 걸었다. 딸애의 새 생일인 개명 날짜를 누르자 비로소 현관문이 열렸다.

진애는 딸의 이름을 부르며 안으로 들어갔다. 조용했다. 지나치게 조용했다. 침대 시트는 잔 적이 없는 것처럼 정갈했다. 설거지통도 깨끗했다. 접이식 식탁 위에는 관청에서 보내 준 일상용품이 그대로 쌓여 있었다. 딸애가 끌고 들어온 여행가방도 열린 채 침대 옆에 놓여 있었다. 그녀는 아주 조심스럽게 화장실 문을 열었다. 폭발할 것처럼 심장이 요동쳤다. 그녀는 문고리를 잡은 채 주저앉았다. 상상했던 일이 발견되지 않아서였다.

원룸 도착 후 겨우 10여 분 경과. 억겁의 시간이 흐른 것 같았다. 그 시간이 그녀를 아주 낯선 곳으로 데려온 느낌이었다. 딸애가 자가격리 중이었다는 사실도 믿기지 않았다. 하지만 딸애의 여행가방은 부정할 수 없는 현실이었다.

마른침을 삼키며 실내를 돌아보았다. 그녀의 시선은 열린 창문에서 멈췄다. 아래쪽을 밀어 여는 환기창이었다. 창문턱 한쪽에는 검은 물체도 놓여 있었다. 진정되었던 가슴이 다시 벌렁거렸다. 숨을 깊게 들이마셨다. 몇 번 도리질을 한 다음 벌떡 일어섰다. 그녀는 후들거리는 다리에 힘을 잔뜩 실었다. 그리고 아주 천천히 창 쪽으로 다가갔다.

창문턱에 있는 검은 물체는 구두였다. 아직 상표도 떼지 않은 새 구두였다. 그녀는 구두를 들어 살펴보았다. 색깔로 보나, 디자인으로 보나, 딸애가 신을 만한 구두는 아니었다. 그녀는 구두를 신어 보았다. 딱 맞았다. 기대하지 않았던 선물을 받은 것처럼 기분이 좋아졌다. 그녀는 새 구두를 신은 채 열린 창으로 머리를 들이밀었다. 저 아래 마당은 만개한 벚꽃으로 환했다. 저 꽃구름 아래 어디쯤에서 딸애의 해맑은 목소리가 들리는 듯했다.

눈앞이 자꾸 흐려졌다. 멀미를 하는 것처럼 속도 울렁거렸다. 커다란 쇳덩이를 매단 것처럼 머리가 무거웠다. 그녀의 상체가 창문 아래로 기울어졌다. 구두를 신고 있는 두 발이 바닥에서 들렸다. 한순간, 꽃잎이 뭉텅이로 쏟아져 내렸다. 땅에 닿지 못한 꽃잎은 허공으로 날아올랐다. 한 잎. 한 잎. 분. 분. 히.

오을식

엄마의 시간

소나기에 대응하는 와이퍼 모양으로 손을 흔들며 발랄하게 다가온 베이지색 사파리가 불쑥 걸음을 막아섰다. 12시간이 넘는 비행의 피로와 검역의 긴장에 눌려 게슴츠레해졌던 눈이 절로 커졌다. 나는 주춤거리며 눌러쓴 모자의 챙과 하얀 마스크 사이에서 빛나고 있는 눈매를 고개를 갸웃거리며 살폈다. 잠깐의 어정쩡한 조우遭遇. 뭔가 오해가 있구나 싶어 콧등까지 덮은 마스크를 턱 아래로 내렸다. 사파리도 얼굴을 비스듬히 기울여 마스크를 한쪽으로 걷어 냈다.

"실망이에요! 난 멀리서도 척 보고 알았는데!"

사파리가 눈을 흘기며 입술을 삐죽거렸다. 그제야 나는 어! 하고 외마디 탄성을 냈다. 귀에서 대롱거리는 마스크를 따라 내 눈길도 잠시 흔들렸다.

"오랜만이야! 근데 공항엔 어쩐 일로?"

얼버무리며 악수를 청했다.

"어쩌긴요, 모시러 왔지. 저도 아침에야 연락을 받았어요. 가시나가 뜬금없이 대신 픽업 좀 나가 달라고 해서."

"우리 선영이가?"

내 시선이 끄덕거리는 정숙의 갸름한 턱을 타고 내려 목덜미로 미끄러졌다. 잔주름이 나이테처럼 조밀하게 켜를 이룬 목 오른편에 좁쌀 크기로 박혀 있는 까만 점 하나. 마치 잔 파도를 거느린 무인도를 연상케 하는 그걸 보고 있자니 습관처럼 배꼽 아래가 울렁거리다 아릿해졌다.

"여기도 텅텅 비었네."

민망해진 나는 주위를 둘러보며 딴청을 부렸다.

"코로나 땜에 어디나 마찬가지죠 뭐. 그래도 우린 큰 고비는 넘긴 것 같아요. 확진자가 대폭 줄기 시작했으니까. 뉴스를 보니 그쪽은 이제야 지옥문이 열리고 있는 것 같던데?"

"맞아, 유럽 전체가 쑥대밭이야."

"트럼프 동네는 더 난리더라고요! 아무튼 무사 귀국을 격하게 환영합니다."

팔을 낚아채 팔짱을 끼며 정숙이 말했다. 나는 은근한 완력에 순응하며 이끄는 대로 걸음을 옮겼다.

"근데 왜 파리에서 오신 거예요?"

정숙이 턱짓으로 도착 전광판을 가리켰다. 나는 베를린에서는 직항이 없다는 점과, 때문에 가까운 테겔 공항에서 출발해 파리 샤를드골에서 환승하는 게 프랑크푸르트나 뮌헨을 통하는 것보다 여러 모로 편하다고 설명해 주었다. 문득 테겔에서 체크인을 도와주던 유니폼의 진지한 농담이 떠올랐다. 그가 여권에 스탬프를 찍어 주며 하소연조로 그랬다. 의리 없이 혼자 탈출하는 거냐고. 마스크를 낀 동양인들을 바이러스 취급하던 평소의 태도와는 확연히 다른 대우에, 나는 티 나지 않게 어깨를 으쓱거리며 같이 가자고 손을 내미는 여유까지 부렸었다.

"어디로 모실까요? 바이러스 없는 곳이면 어디든 가능해요."

정숙은 핑크색 검지 손톱으로 승강기의 버튼을 누르며 속살거렸다. 나는 주저하지 않고 선영이 집! 하고 대꾸했다. 출발 전 이미 동생네 집에서 묵기로 얘기가 된 상황이니 거기에 캐리어를 맡기고 어머니부터 찾아뵐 계획이었던 것이다. 그런데 정숙은 기다렸다는 듯 손사래를 쳤다.

"노, 거긴 안 돼요! 재수없게도 선영은 오늘부터 자가격리를 해야 해요. 옆 사무실에서 확진자가 둘이나 나왔거든요."

당황한 나는 입을 하, 벌린 채 멀뚱거렸다.

"검사 결과는 이따 저녁때쯤 나올 건데, 너무 걱정 마세요. 양성자와 일부 동선이 겹치지만 서로 마스크를 쓴 상태였다니까."

바이러스가 도처에서 호시탐탐 노리고 있다는 게 실감났다. 승강기에서 내려 주차장으로 이동하며 선영에게 여러 번 전화를 걸었다. 하지만 신호만 갈 뿐 좀체 연결이 되지 않았다. 고심 끝에 먼저 요양병원에 들렀다가 큰형 집으로 가 어머니가 쓰시던 방에 짐을 풀기로 했다.

　주차장을 빠져나와 봄볕으로 나른해진 도로를 느긋하게 달렸다. 스쳐가는 풍경마다 연초록 물감이 스미는 중이었다.

　문득 사흘 전 새벽이 떠올랐다.

　비췻빛 저고리에 은색 치마를 차려입은 어머니가 아랫목에 다소곳이 앉아 있었다. 어머니는 내 기억 속 가장 젊었을 적 모습보다 족히 스무 살은 어려 보였다. 곁에는 노타이 차림의 사내가 다소 거만한 자세로 어머니를 응시하고 있었는데, 자세히 보니 이십대의 내 모습과 너무나 닮아 있었다. 특히 약간 처진 눈매며 긴 인중에 매달린 소박한 입은 거의 판박이였다. 두 사람은 가파른 사람 인人 자 모양으로 서로 어깨를 기대고 다정하게 앉아 있더니, 어느 순간 손을 잡고 밖으로 나가 뭉게구름에 몸을 실어 버렸다.

　잠에서 깬 나는 창문이 희붐하게 밝아질 때까지 침대에 우두커니 앉아 안절부절못했다. 평소 나는 좀처럼 꿈을 기억하지 못했다. 생애에 걸쳐 기억하는 꿈은 이번 것을 포함해서 오직 세 개뿐. 첫 번째는 망망한 바다에서 돌풍을 만나 쪽배의 노가 부러지는 바람에 죽을 고생을 한 꿈이었고, 두 번째는 축구 시합을 앞두고 운동화 한 짝을 잃어버려 애를 태운 꿈이었다. 그걸 찾겠다고 맨발로 산과 들을 누비며 얼마나 고생을 했던지.

공교롭게도 첫 번째 꿈을 꾼 이튿날에 젊디젊은 아버지가 꽃상여를 타고 진초록 보리밭 사이로 멀어져 갔다. 두 번째 꿈을 꾸고는 사람을 치었다. 내가 운전하던 차에 운동복 빨래 같은 것이 훅 다가왔다가 붕 떠오르는 걸 목격했는데, 그게 순식간에 벌어진 횡단보도 인사 사고였던 것이다.

이번에도 혹시 예지몽이 아닐까 싶어 불안했다. 전날 선영에게 걸려온 전화가 마음에 걸렸다. 동생이 그랬다. 아무래도 오빠가 들어와야 할 것 같다고. 큰오빠도 그렇고 엄마도 뭔가 위태로운 느낌이 든다고.

"그나저나 주재원 생활은 언제 끝나요? 이제 돌아올 때도 되지 않았나?"

정숙이 침묵을 깨고 물었다. 나는 대답하지 않았다. 이미 1년 전에 주재원 생활을 접고 교포가 운영하는 온라인 쇼핑몰로 옮겼기 때문에, 설명을 하자면 얘기가 길어질 것 같아서였다.

마침 휴대폰이 울렸다. 액정을 확인한 정숙이 전화기를 건네며 아이고, 오빠 없는 사람은 서러워서 어디 살겠나! 하고 볼멘소리를 했다.

선영은 평소와 다름없이 쾌활했다. 마중 나가지 못해서 미안하다며 갑작스러운 자가격리 경위를 설명했다. 이어 어머니에 대한 걱정, 큰형의 병세에 대해 자세히 알려 주었다. 너무 늦게 발견된 폐암 때문에 어려움을 겪고 있는 형의 불안한 근황을 듣고 있자니 마음이 먹먹해졌다.

선영과의 통화는 계속되었다.

─ 지난주부터 상태가 급격하게 나빠지는 바람에 구급차 불러서 S병원으로 이송했어. 근데 입원실이 있어야 말이지. 응급실 구석에서 대기하다가 마침 특실이 하나 났다기에 일단 그거라도 잡았지. 하루 130만 원짜리지만 어쩔 수 없잖아. 거기서 이틀 있다가 4인실로 내려오긴 했는데, 이번에 나 진짜 놀랬어. 의료보험도 안 되는 그 비싼 특실을 누가 잡은 줄 알아? 새언니야! 평소에 천 원짜리 하나에도 벌벌 떨던 양반이 바로 오케이 하더라고. 그거 보면서 만감이 교차하더라. 오빠가 어렵게 번 돈이니 조금이라도 쓰고 가라는 배려일 테지만, 그만큼 병세가 다급하다는 반증인 거잖아.

나는 선영에게 꿈에서 아버지와 어머니를 만났다는 이야기를 할까 하다가 그만두었다. 지금은 서로 마음을 모아 희망을 키워야 하는 엄중한 시기이니까.

차는 천천히 바다 위로 오르고 있었다. 물결 위로 쏟아지는 봄볕에 눈이 부셨다.

"아, 이대로 죽어도 좋을 날씨네요. 난 이 대교를 달릴 때 가끔 그런 생각을 해요. 세상 소풍 끝낼 때, 사랑하는 사람과 여기로 와서 함께 낙하해도 근사하겠다는."

창에 이마를 붙이고 있던 나는 충분히 들을 수 있는 혼잣말로 중얼거렸다.

"이렇게 높은 데서 떨어지면 피가 많이 날걸?"

정숙이 얼굴을 모로 틀어 노려보는 게 느껴졌지만 개의치 않고 한마디 보탰다.

"피는 약과지. 개펄에 몸이 거꾸로 박혀 다리가 새총처럼 벌어질 거야."

"치, 그러겠지요. 게다가 벌어진 다리 사이로 고깃배도 연락선도 오가겠지요. 쯧, 쯧 감동 파괴자 같으니라고."

나는 투덜거리는 도톰한 입술을 그윽한 눈길로 바라보았다. 습관처럼 눈길이 턱 아래로 미끄러져 목덜미의 점으로 옮겨졌다. 불현듯 검지로 점을 클릭하며 귀에 대고 열려라, 참깨! 하고 주문을 외고 싶어졌다.

꽃이 진 개나리며 산수유에서 동자승의 합장 모양으로 연초록 새순이 솟고 있었으니 아마 지금과 비슷한 시절이었을 것이다. 고향 선배의 상갓집에서 어떤 여자가 알은체를 했다. 낯이 익다 했는데 학연으로 따져 보니 여동생의 친구이자 내 중학교 후배이기도 했다. 우리 집에도 몇 번 놀러온 적이 있다는 후배는 아예 내 옆자리를 꿰차고 앉아 시종 조잘거렸다. 취기가 오르면서 나는 서서히 이 종달새 같은 후배의 목덜미에 시선을 뺏겼다. 차를 얻어 타고 돌아오는 길에 후배가 그랬다. 선배님은 내 미모나 목소리에는 관심이 없고 오직 자기 목덜미만 노리는 늑대 같다고. 얼굴을 붉히며 손사래를 쳤지만 나는 그날 밤 알게 되었다. 목에 자리한 그 까만 무인도가 사실은 정숙의 은밀한 내부로 틈입할 수 있는 최단의 비밀 통로라는 걸.

몇 개의 짧은 터널을 통과한 차는 내비게이션 아가씨의 경로 이탈 경고를 무시하고 국도로 빠져나갔다. 만개한 벚나무가 꽃 잔치를 벌이고 있는 제법 운치 있는 길이었다. 정숙은 오디오 박스를 만져 경쾌한 음악을 들려주었다.

"코로나 때문에 뒤죽박죽이지만 가만 보면 순기능도 있어요. 개인 위생 관리를 철저하게 한 덕분에 여타 질병이 대폭 줄었고, 너나없이 밖에 나가는 걸 꺼리다 보니 이처럼 도로가 넓어져서 느긋한 드라이브를 즐길 수 있어 좋아요. 그리고 하늘을 보세요. 자동차가 서고 공장이 멈추니 대기 환경이 개선되어서 눈이 시리도록 파래요."

"맞는 말씀, 근데 우리 같은 사람들은 참 답답하지. 잘생긴 얼굴을 애써 가리고 다녀야 하니."

정숙이 참 나! 하고 코웃음을 터트렸다.

운전석에서는 연신 탄성이 터졌다. 나무 사이로 바람이 지날 때마다 꽃잎이 우수수 눈발처럼 날렸다. 흩날리고 쓸리기를 반복하던 꽃잎이 눈썹 아래로 날아든 것일까, 눈꺼풀이 점점 무거워졌다. 눈을 감았다. 졸음이 꽃비처럼 쏟아졌다.

덜컹거려 눈을 떠보니, 차가 샛길로 들어서고 있었다. 눈앞에 아담한 호텔이 보였다. 우리는 오래된 연인처럼 프런트에 들러 객실로 올라갔다.

호텔을 나와 달리기 시작했을 때 다시 전화기가 울렸다. 선영이 어디냐고 물었고, 나는 멀리 요양병원이 보인다고 둘러댔다. 비싼 차가 왜 그렇게 나무늘보 같으냐고 투덜거리던 선영이 갑자기 톤을 높였다.

— 오빠, 옆에서 눈웃음치는 운전수 조심해! 글쎄 엊그제 외손녀까지 본 년이 오빠 지금도 혼자라는 말에 콧김을 기차 화통처럼 뿜더라니까!

나는 아직도 열기의 흔적이 고스란히 남아 있는 정숙의 목덜미를 힐끗거리며 명심하겠다고 대꾸했다.

"뭐래요?"

느낌이 이상했는지 끊자마자 수사관처럼 다그쳤다.

"외손녀 봤다며? 축하해 주라고 그러네."

눈이 동그래지며 미간이 좁혀졌다.

"어머, 나쁜 년! 그걸 왜 이 대목에서 터트리고 지랄이야!"

불쑥 터진 된소리에 스스로 놀란 듯, 얼른 손바닥으로 입을 가렸다.

정숙은 병원 정문에서 차를 돌렸다. 온 김에 어머니를 뵙고 가기로 했는데 안내소에서 제지되었다. 방역이 엄중한 시기인지라 면회는 친권자 한 사람만 가능하다고 했다. 정숙은 골프 라운딩이 있는 월요일과 외손녀를 봐주는 금요일만 아니면 언제든 시간이 가능하다는 말을 남기고 멀어져 갔다.

천막 검사소에 들러 간단한 설문에 응하고 체온 측정을 한 다음 쪽문을 통해 안으로 들어갔다. 밖은 어수선했으나 실내는 고요했다. 발짝 소리가 울리는 복도를 지나 승강기에 올랐다. 3층 간호사실을 들르니, 어머니 병실은 한 층 더 올라가야 한다고 했다. 4층은 경과가 좋지 않은 노인들을 수용하는 병실이라는 말을 들은 적이 있어서일까, 마음 한구석에 돌덩이 하나가 얹어졌다.

"그러잖아도 연락을 드리려던 참이었어요. 환자분의 효과적인 케어를 위해서 어제 저녁부터 신체 일부 구속 상태를 유지하고 있거든요."

간호사가 안경 너머로 눈을 치뜨고 말했다. 숨을 쉴 때마다 마스크에서 흘러나온 열기가 안경에 습기를 뿌렸다. 선뜻 이해를 못한 나는 마스크를 인중까지 당기며, 구속 상태라니요?

하고 반문했다.

"손발을 베드에 고정했다고요. 링거 니들도 다 뽑아 버리고 밖으로만 나가려고 하셔서 취한 비상조치이니 이해해 달라는 말씀이에요."

간호사는 원장님 면담 후에 면회를 하라며 앞장을 섰다.

머리가 벗겨진 젊은 원장과는 구면이었다. 그는 간호사가 했던 말을 그대로 옮기며 양해를 구했다.

"상태가 좋지 않습니다. 식판만 보면 찡그리시니 그럴 만도 하죠. 그래서 자주 수액과 영양제를 투여하고 있습니다. 저번에 큰아드님께서 치료 비용을 미리 충분히 적립해 두셨기 때문에 저희가 알아서 그때그때 대응하고 있습니다만, 아무튼 걱정입니다. 근래에 이상 증세까지 보이고 있거든요. 저기 모니터 좀 보시죠. 3일 전 녹화된 겁니다."

화면은 승강기 내부를 비추고 있었다.

"저분 누군지 아시겠지요? 이제 행동을 자세히 보세요."

영상을 보며 나는 고개를 갸웃거렸다. 승강기에 오른 어머니는 맨손으로 버튼들과 보조 손잡이를 차례로 쓰다듬고 있었다. 마치 청소를 하는 것처럼. 다른 영상도 있었다. 계단과 화장실, 병원 출입문에서도 손잡이를 매만지며 같은 행동을 보였다.

"이상한 건 거기에 그치지 않습니다. 저것 때문에 환자분과 면담을 했는데, 뜬금없이 근처 요양원으로 옮기겠다는 거예요. 아시는지 모르겠지만, 그곳은 얼마 전 코로나 확진자가 떼로 나와서 난리가 난 곳입니다. 지금도 코호트 격리가 진행 중이고 사망자가 속출하고 있는데 거기로 가겠다고 우기시는 거예요. 그건 말하자면 코로나 소굴로 가시겠다는 의미인데, 대체 왜 그러시는지 모르겠어요."

부디 잘 설득해 달라는 당부를 끝으로 원장은 면담을 끝냈다. 나는 가슴에 돌덩이 몇 장을 더 얹은 기분이었다.

어머니는 복도에서 가까운 첫 번째 베드에 누워 있었다. 간호사의 인기척에도 아무런 반응을 보이지 않았다. 손발이 묶인 어머니는 잎사귀를 모조리 놓친 자작나무 같았다. 너무 마르고 야위어서 만지면 그대로 부서질 것 같은 몸. 저 작은 몸으로 어떻게 8남매를 길러 냈단 말인가. 코끝이 가시에 찔린 듯 아렸다.

"잠드셨나 봐. 발소리만 나면 복도를 내다보더니."

옆 베드에 누워 있던 노인이 간호사가 돌아가기가 무섭게 이편으로 몸을 돌리며 말했다. 목례를 했다. 이가 없어서 그렇지 어머니보다는 훨씬 정정해 보이는 노인이었다. 나는 어머니의 볼에 볼을 맞대고 엄마, 저 왔어요! 하고 소곤거렸다.

눈을 떠 몇 차례 깜빡거리던 어머니가 화들짝 놀라 머리를 들었다.

"오메, 우리 아들 왔구나!"

어머니가 내 볼을 어루만지며 눈물을 글썽거렸다.

"근데 혼자 왔니? 네 형은?"

어머니가 복도 쪽을 바라보며 물었다.

"큰아들이 코로나에 걸려 죽게 되었다고 저렇게 애를 태우셔."

옆의 노인이 끼어들었다.

"아니고, 아니에요!"

나는 노인을 향해 항의조로 목소리를 높였다.

"틀림없다. 그러지 않고서야 그 착한 사람이 한 달이나 얼굴을 안 비칠 리가 없어."

"아니라니까요, 엄마! 형은 코로나 때문이 아니라 몸이 좀 안 좋아서 잠시 치료하고 있어요. 곧 짠, 하고 나타납니다."

"나는 못 속인다."

"진짜라니까, 엄마! 엄마, 내가 엄마한테 거짓말한 적 있어요?"

"있지, 너 일 저질러 놓고 나한테는 8년이나 숨겼잖아."

두루뭉술한 뭔가가 오목가슴을 치받는 느낌에 말문이 막혔다. 이혼 얘기였다.

"그, 그건 거짓말을 한 게 아니라 그냥 말을 못 한 거지요, 죄송해서."

우물거리며 어머니의 손을 잡았다. 바짝 마른 나뭇가지 같은 촉감. 잠시 뜸을 들이던 어머니가 허공에 대고 중얼거렸다.

"난 알아, 역병이 얼마나 교활한지. 마치 솔개 그림자처럼 맴돌다 순식간에 덮쳐서 숨통을 조이거든. 그것들은 늘 제물을 요구해. 아이고, 불쌍한 내 새끼들… 요즘에는 눈만 감으면 그 아이들이 나타나 자꾸 손을 흔든다."

어머니의 음성이 벼린 칼날처럼 날아와 머릿속을 휘저었다. 아, 엄마! 나는 탄식하며 손으로 머리를 감쌌다. 어머니가 갑자기 곡기를 끊은 것도, 바이러스를 찾는 이상한 행동도 모두 그 때문이었구나 싶었다.

어머니에게 코로나는 다시 시작된 공포일 터였다. 또 자식을 앞세울까 봐 두려움에 떨고 있는 어머니! 그 가혹했던 '엄마의 시간'이 무성영화처럼 눈앞에 펼쳐졌다.

마당 구석에서 한 사내가 지게를 지고 일어섰다. 지게에는 곡괭이와 삽, 그 위로 거친 판자로 짠 관이 실려 있었다. 사내는 싸리문 사이에 걸쳐진 금줄을 작대기로 걸어 올리고는 집을 빠져나갔다.

나는 마루 끝에 서서 탱자나무 사이로 얼핏얼핏 스쳐가는 관을 지켜보다 그만 울음을 터트렸다. 아버지 때문이었다. 평소 사내 눈에 물기가 비치는 걸 지독하게 경멸하셨던 아버지가 샘가에서 엉엉 울고 있었던 것이다.

사실 집에서 관을 본 건 처음이 아니었다. 바로 나흘 전 비슷한 모양의 관이 지게에 실려 싸리문을 빠져나갔다.

시작은 큰형이 서울에서 묻혀 온 균 때문이었다. 동네가 발칵 뒤집혔다. 그건 장티푸스 또는 열병으로 불리는 무서운 전염병이었다. 사람들이 독하게 욕할 때 쓰는 '염병하네!'가 바로 이 병에서 시작된 말이라고 했던가. 집 둘레에 봉쇄의 금줄이 쳐졌다. 어머니는 열흘 이상을 뜬눈으로 지새우며 큰형의 목숨을 지켰다. 하지만 어머니가 큰형에 집중하는 사이, 그 모진 병균은 작은형에 이어 작은누나까지 넘보고 있었다.

낮달이 지켜보는 아침, 머리칼이 듬성듬성 빠진 처참한 몰골로 가쁜 숨을 몰아쉬던 작은형은 미처 눈을 감지도 못하고 하늘의 별이 되었다. 바로 곁에서 동생의 주검을 목격한 작은누나는 자신에게도 똑같이 나타나는 열꽃과 복통에 몸부림을 쳤다. 시시각각 조여 오는 극심한 통증과 죽음의 공포, 누나는 결국 농약병을 들고 방으로 들어가 문을 걸었다. 약방과 보건지소가 있는 읍내까지는 가파른 고개를 다섯 개나 넘어야 하는 이십 리 길. 누나를 실은 리어카는 첫 번째 고개를 달려 넘다가 그만 힘없이 되돌아왔다. 그때 작은형은 열일곱, 작은누나는 열아홉, 봄날의 꽃봉오리 같은 나이였다.

"내가 너무 오래 살았어."

어머니가 갈라진 입술을 달싹거렸다.

"아직 멀었어요, 엄마. 아버지 몫까지 사셔야지요."

나는 손과 발을 모두 풀어 드렸다. 그리고 베드를 완만한 니은자로 올렸다.

"독일에서 온 우리 아들이에요."

옆 베드 노인과 눈이 마주친 어머니가 나를 가리키며 또랑또랑하게 말했다.

"침이 마르게 자랑하시더니, 그럴 만하네요. 엄마를 닮아 인물이 환해요."

노인의 후한 답례에 어머니가 처음으로 희미하게 웃었다.

나는 이때다 싶어 바짝 다가앉았다.

"엄마, 여쭤 볼 게 있어요!"

어머니가 내 얼굴을 빤히 쳐다보았다.

"아주 오래된 궁금증인데, 제 어린 시절 첫 번째 기억에 관한 거예요."

휴지를 뽑아 눈곱을 닦아 드리며 조심스럽게 말을 이었다.

"음, 그러니까… 멀리 간 작은누나, 작은형 보낼 때 말이에요. 그때 이상하게도 아버지와 달리 엄마는 눈물 한 방울 흘리지 않던데…."

순간 어머니의 얼굴이 하얘졌다. 다섯 살짜리가 그걸 어떻게 기억하느냐는 표정이었다. 허공을 더듬던 어머니의 시선이 옆 베드로 향했다. 지켜보던 노인이 슬그머니 돌아누웠다.

"네 아버지는 그 일 겪고 웃음을 잃으셨지. 새끼들을 아끼셨지만 그중에서도 눈만 뜨면 당신 뒤를 졸졸 따라다니며 강아지처럼 재롱을 피우는 작은 년을 특별히 예뻐했어. 젖가슴이 지 할머니 산소처럼 커져서도 아버지 등에 업히는 걸 좋아한 그런 딸을 그리 허망하게 보냈으니 심정이 어쨌겠냐. 그날 네가 본 것은 그냥 눈물이 아니고 피눈물이었을 것이다. 아버지는 그날 이후로 좋아하던 갈치 반찬에는 손도 대지 않았다. 딸내미가 사족을 못 쓰던 찬이어서."

어머니는 잠시 말을 끊고 휘파람을 부는 모양으로 입술을 모아 한숨을 내쉬었다.

"너무 무서워서 눈물이 안 나오더라. 농약 냄새 진동하는 집에 염병의 기운이 날뛰고 있는 게 느껴져서 온몸이 부들부들 떨렸지. 근데 그 와중에도 이상하게 오기가 생겼어. 여기서 어미가 무너지면 나머지 새끼들도 다 잡아가겠다 싶었지. 그래서 눈을 부릅뜨고 대들었다. 달덩이 같은 내 새끼 여덟 중에서 둘이나 데려갔으면 됐지, 뭔 욕심이 그렇게 많으냐고. 나를 데려가고 우리 새끼들은 놔주라고…."

어머니는 삿대질하듯 팔을 휘저었다.

"잘했어 엄마. 덕분에 우리가 살아남은 거야."

시야가 흐릿해졌다. 아기를 재우듯 어머니의 어깨를 다독거리며 나는 마음에 남은 마지막 말을 쏟아냈다.

"엄마, 근데 지금도 우린 엄마 힘이 필요해. 무서운 엄마가 힘을 차려서 딱 버티고 계셔야 암이든 코로나든 나쁜 것들이 우리 육남매를 넘보지 않지. 아들 말이 맞아, 틀려?"

어머니의 입술이 삭풍을 견디는 문풍지처럼 파르르 떨렸다. 나는 손등으로 어머니의 눈시울을 닦아 드린 다음 가만히 안았다. 어머니의 손이 내 머리를 쓰다듬었다. 들숨과 날숨이 조용히 들락거리는 어머니의 가슴에서 톡, 톡, 감꽃 떨어지는 소리가 희미하게 들려왔다. 그때마다 나는 애가 타 자꾸만 어머니 품을 파고들었다.

심아진

낙 차

춘자 씨는 입술이 부르트고 입안이 헐었다. 신종
폐렴이 나라를 휩쓸고, 마침내 강남 유명 백화점마저 문을 닫
은 여파였다. 확진자와 같은 시간대에 백화점에 있었던 홍 여
사가 집에만 머물자, 대기업 부럽잖았던 춘자 씨의 근무 환경
이 중소기업 하청 업체만도 못한 처지로 전락하고 말았다. 주
인 부부가 나간 후 텔레비전 앞에서 원격조종기를 눌러 대며
막대기 커피를 마시던 때의 평화를 더 이상 누릴 수 없었다.

새터민 출신인 춘자 씨에게 홍 여사는 까다로운 고용주가
아니었다. 입주 도우미로 일한 지 일 년이 넘었지만, 춘자 씨
는 홍 여사가 두어 마디 이상 길게 말하는 걸 들어 보지 못했
다. 춘자 씨가 보기에 홍 여사나 이사장이 집에 있는 이유는
오로지 집에서 나가기 위해서였다. 나가기 위해 샤워를 하고,
나가기 위해 잠을 잤으며, 나가기 위해 옷을 입었다. 춘자 씨

는 집안을 어지럽히지도, 잘 먹지도 않는 성인 두 사람이 사는 너른 집을 관리하는 게 조금도 어렵지 않았다.

코로나19 때문에 상황이 달라졌다. 홍 여사가 집에 있자, 춘자 씨도 나갈 수가 없었다. 게다가 이사장은 전에 없이 일찍 퇴근해 따로 저녁 먹기를 원했다.

홍 여사는 아침나절 드레스룸을 서성이다가 이후에는 스마트폰을 쥔 채 거실을 서성였다. 문자를 하거나 통화를 하지 않을 때면 대개 동영상을 보았다. 춘자 씨는 제 전화기로 백종원 동영상 같은 걸 틀어놓고 요리했던 지난날이 그리웠다.

유튜브를 이리저리 뒤지던 홍 여사가 춘자 씨에게 외쳤다.

– 그래, 북한 음식! 그간 궁금했는데, 이 기회에 맛보고 싶네요.

홍 여사가 인터넷을 통해 다양한 식재료를 주문했다. 이전에 춘자 씨 혼자 잠깐씩 장을 보며 사들였던 양의 두 배 혹은 세 배쯤 되는 채소며 고기 등이 매일 새벽 문 앞으로 배달되었다.

춘자 씨는 펑펑이떡을 비롯해, 옥수수국수며 입쌀만두에 이르기까지 쉴 없이 요리했다. 뭐 하러 일부러 먹는지 모를 인조고기밥까지 만들어야 했을 때는 코로나19가 춘자에게 억한 마음을 품고 전생에서부터 따라온 두억시니가 틀림없다고 생각했다. 부부가 잘 먹었다면 나름 보람이라도 있었을 것이다. 하지만 홍 여사도 이사장도 춘자 씨가 만든 북한 음식을 몇 번 뒤적이며 맛을 보는 정도에서 그쳤다. 하는 말은 애매했다.

─괜찮네. 어릴 때 먹던 불량식품 맛, 딱 그거네.

이전에는 홍 여사도 이사장도 집에서 거의 밥을 먹지 않았다. 그런데 요즘은 매끼, 맛보는 데 그칠 북한 음식에 더해 실질적으로 배를 채울 다른 음식도 먹었다. 그것도 두 사람이 각각 따로. 춘자 씨는 종일 씻고 다듬고 볶고 삶아 대느라 바빴다.

소독제가 든 스프레이를 들고서 집 안 곳곳에 뿌려대는 일도 만만치 않았다. 뿌리면 창문을 열어 환기를 해야 했는데, 환기하고서 창문을 닫자마자 또 뿌릴 일이 생겼다. 가령 홍 여사가 주문한 물건들이 택배로 배송되면 현관에서부터 골고루 스프레이를 쏘아 대야 했다. 춘자 씨는 오른손 엄지와 검지 사이가 우리하게 아픈 이유를 한참 후에야 깨달았다.

물품들을 포장재에서 분리해 정리하는 일도 만만치 않았다. 수신인 정보가 적힌 송장을 뜯어내거나 분별없이 겹겹이 두른 테이프를 떼어내는 일은 성가셨다. 플라스틱 용기나 박스 등을 납작하게 만든 후 비닐에 넣거나 끈으로 묶는 건, 이전에는 주중에 한 번만 하던 일이었다. 춘자 씨 입에 헤르페스균이 더께 앉을 만했다.

일요일에 이사장과 홍 여사가 다투었다. 춘자 씨로서는

처음 보는 일이었다.

－골프는 야외에서 하니까 괜찮잖아.

－골프장에 우리만 있냐? 캐디도 있고, 아는 사람을 만날 수
도 있고.

－그럼 계속 집에만 있어야 한다는 거야? 나는 양성도 아니
잖아.

－자가격리 중에 이탈해서 걸리면 주변에 신상 다 털려. 그
창피를 어찌 견딜 건데?

－아, 공원에라도 나갔다 오면 정말 원이 없겠다.

춘자 역시 홍 여사가, 아니 두 사람 모두 공원에라도 다녀
오면 좋겠다고 생각했다. 하지만 부부는 볕 좋은 일요일 내내
집에서 나가지 않았다.

월요일, 홍 여사가 춘자를 드레스룸으로 불렀다.

－이 드레스 어때요?

치맛단이 여러 겹인 자주색 드레스는 홍 여사가 라틴 댄스
인지 뭔지를 배우러 다닐 때 입는 옷 중 하나였다. 홍 여사가
뱅그르르 돌며 다시 물었다.

－이 옷에, 이 구두 괜찮아요?

－곱습다.

－이건요?

홍 여사가 구두를 바꿔 신으며 또 물었다.

─곱슴다.

춘자는 모처럼 홍 여사가 춘자의 의견을 궁금해하니만큼 성의 있게 답하고 싶었다. 하지만 '곱슴다'에서 한 번은 끝의 '다'를, 한 번은 가운데 '슴'을 올려 강조했을 뿐이다. 사실 춘자는 새터민 친구 중에서도 옷을 가장 못 입는 축에 속했다. 친구들은, 눈을 씻고 찾으려야 찾을 수가 없는 게 춘자 씨의 옷 입는 '센스'라고들 했다. 같은 옷을 두고도 춘자가 골라 입으면 북한에서 입던 인민복만 못하다고도 했다.

화요일, 홍 여사는 종일 여기저기 전화를 했다. 글쎄 말이야. 이런 일이 생길 줄 알았나, 뭐. 한 번은 약간 언성을 높이기도 했다. 내가 도대체 뭔 죄를 지은 거야? 내가 왜 이런 고생을 해야 하냐고! 식기세척기에서 그릇을 꺼내 정리하던 춘자는 홍 여사의 한숨이 길게 이어지는 소리를 들었다. 통화를 마치고 어지럼증이 이는 듯 비실비실 부엌으로 온 홍 여사가 커피를 주문했다. 홍 여사는 갓난아기 젖 찾듯 종일 시커먼 커피를 찾았다.

수요일, 이사장의 와이셔츠를 애벌빨래하고 있던 춘자 씨는 문득 정수리가 싸한 걸 느끼고는 고개를 들었다. 홍 여사가 문가에 기대서 있었다. 춘자보다 나이가 많지만 십 년은 젊어 보였던 홍 여사의 얼굴이 모처럼 춘자와 비슷해 보였다.

– 요즘은 셔츠가 깨끗하죠? 어때요?

춘자는 화들짝 놀랐다. 그간 이사장의 셔츠를 빨 때마다 이 런저런 자국들을 보았다. 홍 여사는 깃과 소매만 문지르라 했 지만, 춘자는 세심히 다른 얼룩들도 살폈고, 그에 대해 이러쿵 저러쿵 떠들지 않았다. 홍 여사가 모른다고 생각했는데, 알고 있었다니 어쩐지 섬뜩했다.

– 깨끗합니다.

홍 여사가 피식 웃으며 문가를 떠났다.

목요일, 춘자 씨가 익힌 낙지의 속을 채우고 있었다. 홍 여 사가 주변을 어슬렁거렸다.

– 낙지랑 오징어는 다른데, 북한에서는 오징어를 낙지라고 한다지요. 왜 그럴까?

춘자 씨가 어찌 알겠는가. 우물거리고 있는데 홍 여사가 또 물었다.

– 여기 동생이랑 넘어왔다고 했죠? 다른 가족들은요?

춘자 씨는 두어 번 탈북을 시도했다가 곤욕을 치른 후 기어 이 몸져누운 어머니 얘기를 하고 싶지 않았다. 북한을 뜬 자매 는 그 후로는 어머니의 생사조차 알지 못했다. 춘자 씨는 되도 록 북한말을 쓰지 말라던 하나원 교육자들의 당부를 잊고 부지불식간 말했다.

– 일 없슴다.

금요일, 홍 여사가 갑작스레 춘자의 이름에 관심을 보였다.

– 저기요. 아무래도 춘자라는 이름 너무 촌스러워요. 봄이 어때요?

– ······.

– 봄이 좋은데···, 아니면 보미?

– ······.

– 동생 있다고 했죠? 동생 이름은 뭐예요? 설마 추자?

춘자 씨는 춘심이가 들었으면 홍 여사를 '호랑말코'라 욕하며 팔팔 뛰었으리라 생각했다. 추자, 추녀. 춘자 씨는 속으로 조용히 키득거렸다. '보미가 좋겠다'며 손뼉이라도 칠 기세였던 홍 여사는 나중에 춘자를 부를 일이 생기자 언제나처럼 '저기요'라는 말을 썼다.

토요일, 춘자 씨는 홍 여사의 지시대로 대청소를 했다. 이사장이 늦게까지 일어나지 않는 방만을 제외하고 모두 소독제를 뿌리고 진공청소기를 돌렸다. 그리 시끄러운 소리가 나는데도 이사장은 방에서 나오지 않았다. 스팀 청소기에서 올라오는 더운 김 때문에 춘자 씨의 이마에 송골송골 땀이 맺혔다.

청소 후에는 세탁기와 건조기를 거친 이불보며 베개 커버 등을 다렸다. 춘자 씨는 물집이 잡힌 입술 가장자리를 저도 모르게 혀로 핥았다. 혀에도 까슬하게 혓바늘이 돋아 있었다. 저녁 설거지를 마치고 방에 들어간 춘자 씨는 동생과 잠시 통화를 한 후 시체처럼 쓰러져 잠에 빠졌다.

다음날 아침, 드레스룸에서 아악, 아악, 비명이 새어 나왔다. 너무 피곤해서 늦잠을 잔 춘자 씨가 허둥지둥 달려가 보니 홍 여사가 바닥에 주저앉아 눈을 가리고 있었다.

ㅡ 저기요. 그거, 그거 좀 눌러서 꺼주세요.

홍 여사가 가리키는 건 저만치 옷장 앞에 떨어져 있는 스마트폰이었다.

ㅡ 이거요?

ㅡ 네, 빨리요. 빨리.

춘자 씨가 유튜브 동영상을 멈추자, 홍 여사가 벌건 눈을 들고 춘자 씨를 바라보았다.

ㅡ 어쩌지? 보고야 말았네, 보고야 말았어.

홍 여사가 선반에 가득한 가방들로 고개를 들었다가 얼른 도로 내렸다. 춘자 씨는 반들반들 윤이 나는 가방들을 볼 때마다 참 곱다는 생각을 했다. 어디서나 볼 수 있는 연두색, 주황색, 하늘색이 아니었다. 세련되고 그윽하고 섬세하달까? 저

가방을 들고 나가야 할 텐데 그러지를 못하니까 숨이 막히는 거지. 춘자 씨는 생각했다. 춘자 씨도 홍 여사가 나가지 않아 정말 죽을 맛이었다.

– 글쎄 내 와니들이, 내 버킨 백, 켈리 백들이…. 아, 보고야 말았어.

홍 여사가 어깨를 떨며 울기 시작했다. 춘자 씨는 조금 전 스마트폰에서 본 장면을 떠올렸다. 여러 마리 악어들이 배를 드러낸 채 거꾸로 걸려 있었다. 하지만 그게 왜?

홍 여사가 춘자 씨에게 기대며 애처롭게 물었다.

– 저기요. 난 이제 어떻게 해야 할까요?

– …….

– 아아, 정말 어찌해야 좋을지 모르겠어. 아아….

춘자 씨야말로 어찌해야 할지 알 수가 없었다. 얼어붙은 대 동강을 건너다 군데군데 널린 시체를 봤을 때도 이처럼 당혹 스럽지는 않았다. 춘자 씨가 가만히 홍 여사의 어깨를 토닥였 다. 홍 여사가 무너지듯 춘자 씨에게 쓰러져서는 곡소리를 내 기 시작했다. 춘자 씨는 망할 역병이 사람 참 여럿 까부라지게 한다고 생각했다.

김정묘

코로나 은둔씨의 일일

2020년 2월 18일 이후로 나의 세계는 창문이다. 대구에 거주하는 31번 코로나 확진자의 이동선을 따라 추가 확진자가 급속하게 증가할 무렵이다. 나는 하루에도 몇 번씩 발코니가 없는 거실 창문 앞에 의자를 가져다 놓는다. 베란다 확장으로 거실의 두 짝 대형 유리창은 외부와의 연결과 동시에 차단막이 된다. 23평 아파트 공간에 갇혀 거실 의자와 식탁, TV 화면, 화장실을 돌면 하루가 간다. 아마도 65년을 살아온 내 인생 중 가장 단순하게 사는 시절인 것 같다.

챗바퀴 인생이라는 직장인으로 살았지만 단 한 순간도 단순하다고 느낀 적은 없다. 아내의 어린이집 식당 알바와 35만 원의 연금에 의지하는 노년도 결코 단순하지 않지만, 생명줄 같던 인간관계를 끊어낸 자리에 찐득하게 들러붙던 죄책감과 무능함을 마스크가 가려 준다. 내 잔기침 소리를 듣는 순간

'이 시국에 누가 기침 소리를 내지? 저 사람 바이러스잖아. 집에나 있지 왜 밖에 나온 거야?' 말없이 눈빛으로 쏘아붙이며 나를 완벽하게 격리, 보호를 해준다.

오늘 금요일이지. 5번, 0번 마스크 사는 날이네.

아내는 비상 식량처럼 마스크를 사 모으고 있다. KF94, KF80, 방역용, 황사용, 일회용, 수술용 마스크 등등 기능별 종류도 종류지만 블랙, 화이트, 핑크 등 색깔과 모양이 다양한 마스크를 사들인다. 화장대 서랍 한 칸을 싹 비우고 그곳에 전쟁에 나갈 용병처럼 마스크를 줄지어 세워서 보관한다.

바이러스로 죽을 순 없잖아. 한 번뿐인 인생인데.

한 번뿐인 인생인데 아내는 어쩌다가 마스크에 목을 매는지 알 수 없다. 마스크보다 먹을 게 먼저 떨어질지도 모른다. 아내는 마스크 천 구하는 법, 손바느질로 마스크 만드는 법을 꼼꼼하게 스크랩하고, 그것도 모자라 인터넷에 떠도는 기기묘묘한 마스크 사진들을 다운로드해서 휴대폰에 저장한다. 마스크를 구하지 못해 브래지어를 뜯어 만들거나, 생수통을 뒤집어쓰거나, 심지어 기저귀에 고무줄을 낀 별별 입가리개 사진들을 수집한다.

우스꽝스럽지만 왠지 짠하지? 우리가 인간이라고 말하는 것 같지 않아? 사람이 당황하고 불안하면 아무 생각도 안 나니까. 여차하는 날에 잘 써먹게 될 거야.

아내는 마스크가 전염병이 쳐들어오는 최전선의 방어막이자 최후의 보루로 우리를 지켜 줄 거라 믿는 것 같다. 사실 실내에서도 마스크를 쓰는 아내와 나는 마스크가 절대 필수품이긴 하다. 낮에는 물론, 잠잘 때도 마스크를 잘 벗지 않는다. 한때 급성 폐렴을 앓은 적이 있어 내가 기저질환자라는 아내의 분석에 따른 것이다.

코로나 사태로 어린이집이 휴관에 들어가 알바는 나가지 않지만 집 밖으로는 아내만 들락거린다. 필요한 물건은 대부분 택배로 받는다. 아내는 이번 코로나바이러스가 기저질환자에게 얼마나 치명적인지 설명하고, 못 미더워하는 나에게 요양원의 집단 감염 뉴스를 찾아 보여 준다.

지금은 전시 상황과 같아.

밥도 각자 따로 먹고, 욕실도 따로 쓴다. 물론 방도 따로 쓰고, 빨래도 각자 한다. 세탁기에 자신의 옷과 내 옷이 섞이지 않도록 아내의 빨래는 대부분 손빨래를 한다. 아내는 한 집에서 두 집 살림의 수고를 기꺼이 감내한다. 아내가 겪어 보지도 않은 전시 상황이라고 우기는 힘이다.

오늘도 아내는 마스크와 모자, 선글라스, 물티슈로 씻어 낼 수 있는 비닐 질감의 외투까지, 완전무장한 전투복을 차려입고 현관을 나선다. 휴대용 손소독제를 챙기고 일회용 비닐장갑을 끼더니 수화하듯 손가락으로 가슴을 한 번 찌르고 창문 밖을 가리킨다. 마스크를 사러 나간다는 뜻이다. 말 한 마디에 침방울이 수천 개가 튀고, 잔기침 침방울이 1미터까지 튀어 나간다는 게 아내가 수집한 정보다. 아무튼 신기한 건 말 대신 손짓만으로도 대부분의 대화가 가능하다는 것이다. 손짓과 눈짓의 대화를 나는 퇴행이라 하고, 아내는 진화라고 생각한다는 점이 다르다.

코로나 사태 이후로 아내는 좋아하던 드라마나 트로트 가요 프로그램도 보지 않는다. 점점 늘어나는 속보는 멀쩡한 사람도 확진자가 되고, 사망자가 될 수 있다는 두려움을 전달하고 있다. 한마디로 속수무책이라는 것이다. 국경이 봉쇄되고, 여러 나라에서 비행기 이착륙을 거부한다는 소식이 채널을 돌릴 때마다 반복해서 방영된다. 아내는 전염병 전문가들이 출연하는 코로나바이러스 예방법, 실험 자료, 세계적 동향 등등에 대한 분석을 일 순위로 시청함은 물론, 매일 방송에 나와 정례 브리핑을 하는 정은경 질병관리본부장의 옷차림, 얼굴색을 살핀다. 머리칼 길이는 점점 짧아지고, 흰머리가 점점 늘어난다며 눈물이 터질 것 같다고 말하곤 한다. 아내에게는 질병관리본부장이 적진 앞에 선 여전사이다. 아내의 전시상황실에는 먹고, 씻고, 닦는 매일의 확실한 노동이 있다. 냉동식품과 통조림, 마스크가 쌓여 가고, TV를 끄면 강요된 마스크의 침묵에 점령당한다.

아내가 나가는 현관문 닫히는 소리와 동시에 나는 마스크를 벗는다. 턱을 쓸면서 창문 앞 의자에 앉는다. 수염을 언제 깎았는지 기억도 가물가물하다. 내가 창가로 마음이 끌리는 것은 나를 회복시키려는 노력이다. 나는 창밖 풍광을 관찰하는 일이 조금도 지겹지 않다. 눈은 이미 도로 곳곳을 세세히 알고 있지만 마치 그것들을 처음 보듯 바라본다. 아무것도 살 것 같지 않은 공터에서 살아 움직이는 고양이가 뒹굴고, 어린 시절로 돌아가 구름에 이름 붙이기, 도로와 아파트 주변의 나무 숫자 세기, 아주 짧게 스쳐 지나가는 햇빛의 색채를 구분해서 자연채집물 바구니에 주워 담다 보면 시간은 지루함을 삼킨 채 저 혼자 사라진다. 나는 시간의 동선을 기록한다.

뭘 그렇게 적어? 코로나 때문에 얼씬거리는 게 아무것도 없구만. 뭐, 코로나 시대의 증언자라도 되시려구?

아내의 지청구에 나는 뭐라고 대꾸하려다 번번이 마스크 안으로 숨곤 한다. 작은 노트에 깨알같이 적어 놓은 숫자와 짤막한 메모는 별게 아니다. 날씨와 시간, 한 시간 동안 차가 몇 대 지나가는지, 흰색이 몇 대, 검은색이 몇 대, 차 색깔을 분류하고, 사거리에서 주춤거리는 검은 승용차가 좌측으로 틀지, 우측으로 틀지, 직진할지, O, X로 베팅을 그려 놓은 낙서 같은 것들이다.

한 곳을 집중해서 보는 몰입감에는 중독성이 있다. 내 뇌에 어떤 작용을 일으켜 불안에 사로잡혀 떨리던 몸이 스르르 가라앉는다. 마약을 해보지는 않았지만, 아마도 이런 느낌일 거라 짐작된다. 노트에는 적지 않는 나만의 특권 같은 짜릿함도 있다. <페스트>에서처럼 먹이를 찾아 나온 고양이에게 가래침을 탁 뱉는 노인을 기다린다. 상상만으로도 가슴이 두근거린다. 시각이 모든 감각을 압도하면 내 몸에서 쾌락 본능이 살아난다. 가래침을 뱉어 줄 먹잇감을 기다리는 노인이 되고 싶은 욕구다. 통제되었던 욕구들은 깎지 않은 수염, 자면서도 벗지 않아서 귀가 아프도록 걸고 있는 마스크 안에서 숨쉬고 있다가 비로소 본색을 드러낸다.

몇 시간째 도로는 텅 비어 있다. 이틀 전부터 가로수 밑에 세워져 있는 흰색 승용차 2대가 있을 뿐, 지나가는 차도 사람도 보이지 않는다. 고요는 때때로 불안을 부른다. 갑자기 눈앞이 흐릿하고 어둑하다. 도로가 살아 있는 생물체처럼 꿈틀댄다. 차들을 먹고, 가로수를 먹고, 하늘을 먹고, 고양이를 먹고, 사람을 먹고, 도로에 나타나는 것들을 모조리 먹어치운다.

우리 아파트 106동 라인에서 확진자 동선이 나왔습니다. 오늘 아파트 전체 엘리베이터와 주변 지역 방역에 들어갑니다. 방역 시간에는 엘리베이터 사용이 제한되오니 이 점 참고 바랍니다. 주민 여러분 모두 사회적 거리 두기를 철저히 지켜

주시기 바랍니다. 이상은 관리사무실에서 알려 드렸습니다.

아파트 실내 방송이 잔혹한 상상을 순식간에 걷어 간다. 내
게는 확진자의 동선보다 사람 말소리만 들려도 위로구나, 싶
다. IMF 때 받았던 위로가 생각난다. '이젠 너나 나나 다 어려
우니까 염려하지 마. 사업 하던 사람도 하루아침에 부도 맞고,
든든한 직장을 가졌던 은행원, 대기업에 다니던 사람들 봐봐.
명퇴당하고 난리잖아. 노숙자가 남의 일이 아냐.' 고추기름이
뻘겋게 뜬, 팔팔 끓는 순두부를 사주던 선배에게서 들은 말은
아직 유효하다. 무급 휴가에 월급은 동결되고 얼마 동안 마이
너스 통장으로 버티다가 결국 신용불량자로 떨어지는 수순을
밟는 공포를 혼자 겪지 않아도 된다는 위로. 지금 나에게 위로
는 은둔이다.

코로나바이러스는 누가 누구인지, 어떻게 살아왔고, 어떤
상황에 처해 있는지, 아무런 상관 없이 무차별 습격을 가한다.
나는 은둔을 선택하고, 은둔으로 내 영역을 보호하고, 스스로
를 돌본다. 은둔은 가난의 권리다. 전화, 카드 흔적을 지우고
추적하는 CCTV 도로에서 스스로 사라지는 것이다.

도로 끝 공터에서 고양이 두 마리가 주변을 살피며 도로 쪽
으로 걸어 나온다. 뭔가 움직임에 긴장된 몸이 앞으로 쏠린다.
유리창에 이마가 부딪힌다. 고양이는 멀리서 보아도 누런 얼

룩털이 까스스한 마른 몸집이다. 신도시 첨단산업 단지 도로변의 은둔자들은 모두 끈질기게 떨어지는 가랑비처럼 눈물을 머금고 산다. 몸은 점점 풍화되어 가는 왕모래처럼 말라 가고 있다. 창밖을 내려다보면 늘 아찔하고 어지럽다. 우울이 갈망하는 소멸의 유혹이 거세진다. 자기 혐오와 자괴감에 파묻혀 지내던 무덤들이 머릿속을 휘젓는다. 하지만 스스로 자초한 압박이 두렵지 않다. 공터 고양이에게 참치캔이라도 가져다 줘야겠어.

나는 노트를 펴고 적는다.

빨강, 주홍, 노랑, 자주, 색색의 튤립 꽃 목을 뚝뚝 딴다. 해골처럼 목이 잘린 꽃머리를 커다란 자루에 담아 트럭에 싣는다. 그렇게 튤립 축제를 위한 수십만 송이의 꽃무지개가 허물어진다.

화를 내고 나면 쓸쓸해.
푸르스름한 창공에 떠 있는 달처럼 외로워져.
꽃을 보러 사람들이 모여들어서
수십만 송이 꽃들이 목이 잘리고,
수만 평의 꽃이 핀 꽃밭을 포크레인으로 갈아엎는데.
사람들이 무슨 생각을 하는지 혼란스러워.
도시의 거주자들이 표류하고 있어.

냄새를 따라가는 강아지를 따라가거나

가래침을 피해 가는 고양이를 따라가거나

불안의 정직성이 나를 살아 있게 해.

아내가 여느 때보다 늦는다고 생각한 순간, 현관문 열리는 소리가 들린다. 외출하고 돌아오면 아내 몸과 신발에 소독제를 뿌려 주어야 한다. 나는 벗어 놓았던 마스크를 귀에 건다.

우리 아파트에 확진자가 다녀갔다며? 현관문 앞에 금줄을 치려고. 숯이 정화 작용도 하고.

아내의 팔에 뱀처럼 똬리를 튼 새끼줄이 감겨 있다. 새끼줄보다 아내가 쓰고 있는 마스크 때문에 나는 멈칫한다. 아내는 어디서 구했는지 붉은색 처용 얼굴이 그려진 마스크를 하고 있다. 당신이 처용이요? 묻는 내 얼굴은 마스크에 가려서 보이지 않는다.

김의규

COVID-19

김 노인 앞에 김 노인이 서로 마주보고 있다. 매우 낯익은 얼굴이라고 둘은 생각했다. 김 노인이 돌아서자, 앞에 선 김 노인도 돌아선다. "미친놈" 하며 김 노인이 화장실 문을 거칠게 닫고 나왔다. 별 볼거리도 없는 것임을 알면서도 매운 눈길을 주며 TV를 본다. 모든 방송국마다 '코로나19 바이러스'와 관련한 보도들뿐이다. 선진국이라고 자처하며 뽐내던 국가들마다 속수무책으로 대참사를 겪고 있다는 내용들이다. '내 저럴 줄 알았지' 하며 혀를 차는 김 노인의 얼굴이 슬며시 펴지는 걸 김 노인은 모른다. 선진국들마다 교만과 오만, 그리고 편견과 아집이 가져온 당연한 결과라며 사필귀정事必歸正이란 말을 한숨 섞어 내뱉었다.

'크릌' 하며 가래가 잔기침과 끓어 오르자 김 노인은 휴지에 뱉어 내고는 쓰레기통에 던졌다. 빗나간 휴지가 구르며 움

칫 몸을 도사린다. "지미럴" 하며 휴지와 쓰레기통을 번갈아 쏘아 본 김 노인은 멀건 눈빛으로 TV에 도로 눈길을 돌린다. '띵동' 하는 소리와 함께 핸드폰에서 새로운 메시지가 도착했다는 알림이 들린다.

오래전에 어른들께서 앞서거니 뒤서거니 하며 돌아가시고 그다음엔 선배들, 그리고 친구와 이웃들이 앞다투어 운명을 달리했다. 그러더니 이름도 잘 모르는 후배들이 갖가지 병명으로 죽었다는 문자가 거의 날마다 핸드폰으로 날아왔다. 어떤 예쁜 아기가 건강하게 태어났고, 또 엄마도 건강하다는 뉴스가 하나도 없다는 생각에 김 노인의 얼굴에 깊은 주름의 그늘이 푸르게 짙어진다.

"썩을 놈들" 하며 못마땅해하던 김 노인이 아무렇게나 내뱉은 말을 주워 담기라도 하듯 급히 입을 틀어막았다. 너무 급히 막는 바람에 입술을 때려 눈물이 찔끔 났다. "니미럴, 내가 벌받은 게야." 김 노인은 문득 말이 씨가 된다는 옛 말씀이 떠올랐다. 그리고 말이 어떻게 씨가 되는지, 또 북경의 나비가 팔랑이는 날갯짓이 어떻게 뉴욕에서 태풍이 되는지의 역학 관계를 따지며 생각한다. 방금 자신이 무심코 내뱉은 말이 비생명체인 분자들의 예기치 않은 조합으로 물리적 힘이 될 수도 있다는 생각에 이르자, '끄응' 하며 깊은 신음이 절로 새어 나왔다. 세상에 아름답고 좋은 말이 얼마나 많은데 하며 김 노인은 자신의 옹졸함과 성급함을 탓하며 혀를 찼다. "헛살았어, 헛살았어" 하며 입 속으로 되뇌던 김 노인은 문득 코로나바이러스가 자신의 어리석음을 일깨운 것에 한편 고맙다는 생각이 들었다. 어쩌면 세상과 사람들에 대한 자신의 분노와 증오가 '코로나바이러스 19'란 역병이 되었을지도 모른다는 생각에 몸서리를 쳤다.

김 노인이 문득 쓰레기통가에 던져진 휴지를 도로 들고 오며 중얼거린다.

"이봐, 자네 요즘 왜 그렇게 말썽인가?"

휴지가 난데없이 무슨 소리냐는 얼굴로 김 노인을 쳐다본다.

"아니, 너 말고 내 가래침에 있을 코로나19 바이러스 말이야."

코로나19 바이러스들이 스멀스멀 휴지 밖으로 기어나오며 말한다.

"영감님, 무슨 말씀인가요? 우리가 뭘 어쨌다고요? 우린 아무 짓도 안 했어요. 우린 사람들과 함께 사는 것뿐이라구요. 사람들에 의해 우리가 퍼져 나간 것뿐이라고요. 영감님은 다 알고 계시는 줄 알았는데 몰랐나요? 우리가 왜 자꾸 변형되는지 몰라요? 사람의 마음이 변하는 것에 우리가 따른 것뿐이죠."

김 노인이 목소리를 가다듬으며 말한다.

"그건 내가 좀 알겠는데 왜 여기저기 옮겨 다니며 사람들을 괴롭히고 죽이기까지 하느냐 말이다."

코로나19 바이러스가 냉큼 받아 되물었다.

"우리가 옮겨 다닌다고요? 우리가? 영감님, 정신 차리세요. 사람들이 우리를 옮겼지 우리가 옮겨 다닌다고요? 문제는 자기 위생 수칙도 안 지킨 사람들이지요. 어린아기, 건강한 젊은 이들까지 우리가 해코지했나요? 우리의 존재와 삶을 바꾸는 것은 사람들의 변덕스런 마음 때문이란 걸 모르시나요? 우리가 그로써 변종이 되면 그게 우리 탓이라고 할 것인가요? 사람들은 말이란 걸 만들고는 너무 제멋대로 쓰지요. 목적과 필요에 따라 이 말이 저 말이 되고, 또 저 말이 이 말도 되니 참 우스꽝스럽네요. 선이 악이 되고, 악이 선도 되니 변덕스런 사람과 함께 지내기도 정말 쉽지 않습니다. 우린 영감님 안에서 영감님의 깊은 속내와 뜻에 늘 감탄하며 살아왔는데 이제는 우리가 어딘가로 떠나야 할 때가 되었나 봅니다. 우리 없이 오래 오래 사세요."

김 노인이 코로나19 바이러스의 거침없는 말에 당황하며 황급히 말을 지어 댔다.

"아니 아니, 그러니까 내 말은 좀 살살…"

"됐습니다. 영감님의 지혜나 넓은 아량 덕에 함께 사는 동안 평안하고 좋았습니다. 이제 저희는 떠나겠습니다."

김 노인이 다급하게 외쳤다.

"이봐 이봐, 어딜 간다고 그래? 그냥 나하고 있어."

더는 아무 말도 들리지 않자 김 노인은 마음이 무거워졌다. 김 노인은 조용히 휴지를 쓰레기통에 넣고는 소파에 몸을 아무렇게나 던지듯 누웠다. 커튼 사이로 잘게 썰린 봄볕이 따가운지 발치에서 졸던 늙은 고양이가 몸을 비튼다.

가끔씩 호롱거리던 고양이가 졸면서 배냇짓을 하듯 다리를 턴다. 김 노인은 고양이를 보고 무슨 말을 습관처럼 내뱉으려다 입을 앙다물고 참았다. 말 대신 그는 고개를 몇 번 주억거렸다. 그때 고양이가 한쪽 눈만 보일 듯 말 듯 실눈을 뜨고 김 노인을 째려보았다. 그리고 꼬리를 들어 느리게 한 번 흔들더니 도로 잠든다. 김 노인은 그 꼴을 보고 이번에는 체머리를 흔들며 가로저었다. 갑자기 김 노인이 무슨 볼일이 생각난 듯 자리에서 벌떡 일어나 옷을 갈아입고는 집을 나섰다.

김 노인은 버스와 지하철을 번갈아 타며 동물원에 갔다. 그가 곁눈도 주지 않고 간 곳은 호랑이 우리였다. 호랑이는 집에 있는 늙은 고양이와 같은 자세로 누워 졸고 있었다. 가만히 들여다보던 김 노인이 "어이, 호군" 하고 부르자 호랑이는 한쪽 눈만 실눈으로 뜨며 김 노인을 노려보았다. 그리고 아주 느리게 꼬리 끝을 슬쩍 들어올리더니 이내 툭 떨어뜨리며 자던 잠을 이어 갔다. 김 노인은 머리를 끄덕이며 "그렇군" 했다.

　김 노인은 터덜터덜 걸으며 동물원 안에 있는 식물원으로 갔다. 눈앞에 펼쳐진 녹색의 향연과 그들이 내뿜는 싱그러운 냄새가 코끝에 감돌자, 김 노인은 아찔한 어지러움을 설핏 느꼈다. 김 노인이 큰 소리로 "어이~" 하고 외치자 모든 꽃들이 저마다 제 빛깔을 밝히며 돌아본다. 김 노인은 모자를 벗어 그들에게 가벼운 인사를 건넸다. 식물원을 구석구석 살피며 구경을 마친 김 노인이 밖으로 나와 벤치에 앉아 무거워진 다리를 펴며 생각에 든 채 중얼거렸다.

　"고양이는 하루에 반을 자고 남은 반을 또 잤지. 눈은 감았으나 깨어 있고 코는 움직이지도 않은 채 늘 제 일을 하고 입은 하품을 위해 닫고 있었지. 꼬리는 제가 깨어 있음을 알리려 가끔씩 들어올리는 교만한 예의로 있을 뿐. 그건 호랑이도 마찬가지였어. 그런데 호랑이를 보았을 땐 나도 호랑이가 되어 그에게 지지 않았어. 원숭이를 보았을 때 원숭이는 나를 흉내 내며 내가 되려 했지. 하지만 꽃을 보아도 나는 꽃이 되질 못했어. 사실은 꽃이 내가 되려 하질 않았지."

　언제부터인가 김 노인 옆에 깊은 눈빛을 가진 꼬마 아이가 앉아서 막대사탕을 빨며 김 노인을 빤히 올려다보고 있었다. 아이가 막대사탕을 날름거리며 지리하게 핥아 댄다. 막대사탕은 닳지도 않는지 그대로이다. 졸음에 겨운 김 노인의 눈꺼풀이 자꾸 무거워진다.

"아흠~" 하며 김 노인이 하품을 하며 눈을 떴다.

"응? 그런데 여기가 어디야?"

김 노인이 눈을 크게 뜨고 주변을 둘러보았다.

"응? 내 집이네?"

김 노인은 익숙한 집 안 곳곳을 살핀 뒤 다시 소파에 누웠다. 몸을 곧게 쭈욱 펴고 빙긋이 웃었다. 모든 것이 다 제자리에 있다는 것이 매우 마음에 들었다.

봄바람이 졸며 맘에도 없이 느릿느릿 불어오는 늦봄에 괘종시계는 깊은 잠에 든다.

이현준

개물 같은 인생

"헤켁…."

낯선 기침 소리에 고개를 드니 한 남자가 나를 보며 미소를 지었다.

"힘드시죠? 좀 드세요."

난 상황을 인지하지 못했다. 봄이 왔지만 밤 기온은 여전히 겨울이었던 탓에 헌옷수거함에서 훔쳐 온 옷들을 최대한 많이 입고, 깔고, 끌어안고 몸살을 하던 중이었다. 힐끗 남자의 뒤를 바라보았다. 그가 타고 온 차는 꽤 비싸 보였고, 내 앞에 내놓은 음식도 몹시 훌륭해 보였다.

"걱정 마세요. 몸을 녹여 줄 겁니다."

더 이상의 강요도 없이 남자는 다시 차를 타고 사라졌다. 느닷없는 친절과 새벽 3시라는 상황이 내 의심을 키웠다. 고인 침이 주책없이 입술 사이를 비집고 있었지만, 가만히 발끝으로 음식이 담긴 용기를 밀어냈다.

그건 내 의심이 두텁고 두터운 탓이었다. 뒤늦은 방어막이었지만, 이제라도 나를 모든 것으로부터 지키고 싶었다. 다시 일어서려면 우선 물리적인 몸이 회복되어야 했다. 불과 2년 전의 일이었지만, 보살펴 줄 사람 없는 내 몸은 나의 외면까지 더해져 더 이상 망가질 곳도 없는 상황이었다.

"서류 밑에 도장 찍어 줘. 내일 같이 제출해야 하니까 시간도 내고."

느닷없는 협의이혼서는 큰 충격이었다. 바로 전날까지도 아내는 그런 매정한 사람이 아니었다. 무슨 생각일까, 잠깐의 다툼 후에 나는 선선히 서랍에서 도장을 꺼내 찍었다. 그리고 모든 것이 자연스럽게 흘러갔다. 뉴질랜드에서 조기 유학 중인 열한 살짜리 딸아이 때문에 숙려 기간이 3개월가량 필요했지만 그리 긴 시간은 아니었다.

이혼한 지 몇 개월 후, 아내의 싸늘한 촉수가 느낀 그대로 회사는 망했다. 망할 줄 알고 허위로 이혼하고 재산을 빼돌렸다는 비난이 쏟아졌다. 하지만 반은 맞고 반은 틀렸다. 아내는 알았고, 난 몰랐기 때문이었다. 어떻게 그럴 수 있느냐고 묻는다면, 나는 세상을 신뢰했기 때문이었다. 가정도, 회사도 책임지려고 했을 뿐이다.

"참 어지간하세요."

날 답답하다는 듯 바라보던 여직원 하나가 마지막 출근 날 한 말이었다. 그렇게 다들 떠났다. 혼자가 된다는 것은 괜찮았다. 그저 내가 '신뢰'라는 시선을 던졌던 이들이 하나같이 나를 이용했다는 걸 깨닫는 것이 고통일 뿐이었다. 모든 것에 흐무러진 나는 누구 탓도 못하고, 끝내 괴롭힐 것이 없어 내 몸을 소비시켰다. 그렇게 더 이상 잃을 것이 없을 때 노숙이 시작됐고, 온전한 사회로부터 자발적 격리되었다.

망가진 몸은 외부 변화에 민감하게 반응했다. 꽁꽁 싸맨 헌 옷들 사이로 들어온 소량의 한기에도 몸은 통증을 느꼈다. 젠장, 내뱉은 한숨마저 돌고 돌아 내 몸을 공격해 왔다.

"아빠!"

얼핏 잠이 들었던 내 귓전에 딸아이의 목소리가 와닿았다. 핸드폰이 끝내 요금 체납으로 끊기기 바로 전날, 웬일인지 아내가 전화를 받아서는 아이를 바꿔 주었다.

"아빠, 지금 뭐 해?"

아무리 이모와 살았어도 타국에서 외로웠던 아이는 엄마가 옆에 있는 현실이 마냥 즐거운 모양이었다. 그래 잘한 게 있다면, 이혼한 거다. 난 생각했다. 그 덕에 아이가 외롭지 않게 되었으니 말이다. 아이의 같은 질문에, 밥 먹는 중이라고 답했다. 눈치 없이 메뉴를 묻는 통에 나는 말을 더듬고 말았다. 젠장, 그렇게 나는 온통 인생을 더듬더듬대는 중이었다.

"아, 딸아이를 안고 있으면 우주를 안고 있는 것 같아."

내 말에 웃는 아내와 아이의 말캉한 몸이 느껴졌다. 아이를 만지려 손을 몇 번이고 쥐었다 펴던 나는 질감 없는 공기를 부여잡는 현실을 깨닫고는 잠에서 깨어났다.

외로움은 사람을 별스럽게 만든다고 생각했다. 잠에서 깨어 거리 풍경 곳곳에 의식 없는 시선을 두던 내 머리 속에 느닷없이 남자의 입술이 슬그머니 자리했다. 두터웠던 의심의 사이를 용케도 삐져나온 탓인지 제법 선명한 느낌이었다. 어두웠지만 부드럽게 입꼬리가 말려 올라가며 보조개와 이어질 듯했던 미소가 떠올랐다. 어쩐 일인지 한기를 조금은 막는 느낌이었고 남자를 믿고 싶었다. 난 가만히 밀어 두었던 음식을 치어다봤다.

"저리 가."

멀지 않은 곳에서 나와 같은 시선을 음식에 던지던 녀석이었다. 저놈의 떠돌이 개. 순간 녀석을 안았던 기억에 으드드 몸서리를 쳤다. 몸 어딘가에 옮겨붙은 벼룩이라도 기어가는 느낌이었다. 그래도…, 따뜻했던 건 사실이었다. 지난겨울의 혹독한 밤, 틈만 나면 우리는 서로를 안고 잠에 들었다. 이제

와 벼룩을 운운하다니, 신뢰를 저버린 나의 생각에 입안이 텁텁해졌다.

"너라도 먹어."

난 남자의 미소를 지웠다. 친절해 보였던 한 여자가 내민 음식을 먹고 장염에 걸렸던 작년 여름의 일을 애써 떠올렸다. 난 천천히 덮여 있던 포장지를 뜯어 개에게 건넸다. 순간, 의성어로 흉내낼 수조차 없는 다급한 소리를 내며 개는 달려들었다.

'꾸우딱.'

순간 내 목구멍을 관통하는 소리가 무안해 뒤돌아 누워 잠을 청했다. 얼마나 지났을까, 사위가 조용해지더니 내 등뒤로 온기가 느껴졌다. 그래, 하룻밤만이다. 그렇게 나의 같잖은 수락으로, 온기와 깊은 잠을 선물 받았다.

다음날, 눈물이 핑 돌았다. 정말 별일이지…. 잠이 깬 내 눈앞에 떠돌이 개가 먹던 음식 용기가 놓여 있었다. 어제 담겨 있던 양의 딱 절반 정도의 음식이 남아 있었다. 식욕 앞에선 인간도 잘 멈추지 못하는 법이다. 정말 알 수 없는 일이었다.

"이제 당신 먹어."

사이가 좋던 한때, 아내가 자주 하던 말이었다. 무얼 먹든 그녀는 음식의 반을 내게 건넸다. 그렇게 좋아하던 몇몇 음식도 예외는 아니었다. 그 배려가 사랑스러웠다. 하지만, 변하지 않을 것만 같던 그 목소리를 이제는 들을 수 없다.

"고마워, 잘 먹을게."

난 가만히 배낭에서 수저를 꺼내 들고, 음식을 듬뿍 떠내었다. 차갑게 식었지만, 이내 입안에서 온기를 찾은 음식물은 본래의 맛을 찾고 있었다. 아, 행복했다. 떠돌이 개나 나나 매한가지였다. 배를 곯고서야 할 수 있는 일이 얼마나 있겠나 싶었다. 이어 허겁지겁 입안에 음식물을 넣다가 나는 무안함에 얼굴이 붉어졌다. 저 멀리 떠돌이 개가 나를 보고 있었기 때문이다.

'동물이 웃기도 하던가?'

순간 녀석이 웃고 있다고 생각했다. 다행히 비웃음은 아니었다. 아니 그렇게 여기고 싶었다. 나는 다시 먹는 데 집중했고, 힐끗 바라본 그곳에 녀석은 사라지고 없었다. 왜일까? 녀석이 서 있던 빈자리에 가슴이 먹먹해짐을 느꼈다. 다시 못 볼 것 같은 미련한 생각에 얼른 머리를 흔들었다.

낮 동안은 허름한 건물 계단 아래쪽에 바싹 몸을 붙여 뉘이고 움직이지 않았다. 최근 알 수 없는 질병이 떠돌아 마스크도 없는 노숙자가 갈 곳이 없는 탓이었다. 청소를 하는 사람도 없는 낡은 건물이라 그 어둠 속을 굳이 들여다볼 사람이 없어 마음이 편했다. 가끔 3층에 자리한 학원 아이들 한둘이 들여다 봤다가 놀란 눈으로 날 보고는 내빼기 일쑤였다.

난 이제 한쪽은 들리지도 않는 이어폰을 끼고 열심히 라디 오를 들었다. 언젠가 아내가 선물해 준, 이제는 유물이 되어 버린 작은 MP3 플레이어는 다행히 라디오 기능은 살아 있었 다. 소리까지 줄여 가며 아끼면 건전지 하나로 한 달도 버텼 다. 나는 이런저런 세상 이야기에 귀를 기울였다. 가끔 피식 웃기도 하고, 옛 노래에 흥얼거리는 내가 어이없었지만, 그래 도 유일한 낙이었다. 뉴스도 즐겨 들었다. 나보다 못한 사람이 세상에 천지였다. 최근엔 여러 나라에서 죽어 나가는 사람들 의 소식이 어쩐지 달콤했다. 못나고 못됐다. 스스로 자책해도 비시시 새어 나오는 웃음을 막을 수 없었다. 살아 있으니 비굴 한 승자라도 된 듯했다.

'어?'

뉴스 속보에 내가 아는 것이 분명한 한 남자의 소식이 흘러 나왔다.

"노숙자들에게 자신의 침이 섞인 음식을 나눠준 혐의로 45 세 A씨가 오늘 구속되었습니다. 최근 객사한 노숙자 3명이 코 로나 양성 반응을 보인 것과도 관련이 있는 것으로 보이며, 혐 의가 입증되면 살인죄로 기소될 것으로 보입니다."

이후 남자의 소식은 매 뉴스의 단골 메뉴가 되었다. 그가 두더지약이 들어간 음식물로 고양이 10여 마리를 몰살한 혐의까지 받고 있다는 뉴스는 사람들의 관심을 증폭시켰다. 남자는 확진을 받기 전까지 자가격리를 어기고 밤마다 노숙자들을 찾아 헤맸다는 찌라시까지 돌아 사람들은 경악했다.

'미치겠군.'

깊이 패인 보조개를 향해 발발거리며 내달리던 남자의 입꼬리가 생각났다. 분명 긴장 탓에 생긴 작은 경련을 왜 난 못 본 척 했을까? 여전히 누군가를 믿고 싶어 하는 미련함에 넌더리가 났다.

'개도 병에 걸리나?'

언젠가부터 보이지 않던 떠돌이 개가 갑자기 걱정되었다. 에고, 자꾸 보고 싶었다. 자꾸자꾸 또 보고 싶었다. 딸도, 아내도. 그리고 녀석도.

"헤캑…"

언젠가 남자가 날 찾아온 날 내뱉던 낯선 기침 소리가 내 폐를 지나 목구멍으로 새어 나오고 있었다. 공짜로 치료해 주는 병이니 병원을 가야 하나 고민이 되었다. 하지만 이 더러운 몰골은 분명 여러모로 폐가 될 것이 분명했다. 하루, 이틀, 사흘, 계속 궁리질을 했다. 하지만 어떤 결정을 하든 더 이상 몸이 움직이지 않는다는 걸 깨달았다. 기침을 할 때마다 몸이 오그라들어 내 몸은 계단참 더 깊은 곳으로 박혀 들어가고 있었다.

"캑엑 크엑…."

힘이 없어 제대로 내뱉지도 못하는 기침 소리가 돌고 돌아 내 귓바퀴에 와 박혔다. 그때였다. 누군가 다가오는 인기척을 느꼈다. 살려 주세요. 내 외침에, 그가 발걸음을 멈추는 게 느껴졌다. 다행이다 싶던 그 순간, 천천히 다가온 그는 가만히 내 얼굴을 핥고 있었다.

'너였구나.'

그렇게 천천히, 아주 천천히 내가 이생에서 마지막으로 얻을 수 있는 작은 온기였음을 점차 깨닫고 있었다. 순간 온몸의 힘을 그러모아 켁, 가래를 뱉었지만 겨우 내 입술을 넘어 턱 아래로 흐르고 있었다. 이내 절망한 나는 내 고막마저 듣지 못할 생의 마지막 말을 중얼거리고 있었다.

삶이 참 개물 같구나, 라고.

* 개물 : 개밥의 북쪽 방언.

이진훈

지하방 겨울비

"베트남에서 귀국하신 지 얼마나 되었습니까?"

재현이가 작성한 문진표를 들여다보던 병원 직원은 출입구를 가로막고 질문을 했다.

"지난 3월 20일에 귀국했으니 딱 일주일 되었네요."

"그럼 코로나19 검사를 받으셔야 합니다. 음성 판정이 확인되어야 병원 출입이 가능합니다."

병원 직원은 재현으로부터 뒷걸음으로 두어 발짝 물러났다.

"아니, 무슨 말입니까? 어제도 그제도 문진표 작성하고 발열 체크 후 들어갔었는데 옷만 갈아입으러 집에 잠깐 다녀온 것뿐인데, 그새 갑자기 코로나19 검사를 받으라니요? 제 열이 높습니까?"

"아닙니다, 열은 정상입니다. 다만 어젯밤에 질병관리본부로부터 긴급 지침이 떨어졌습니다. 중국뿐만이 아니고 외국에서 들어온 모든 사람은 코로나19 검사를 의무적으로 실시한 뒤 병원 출입을 허용하라고 합니다. 병원에 들어가시려면 먼저 검사를 받으셔야 합니다."

"아버지께서 지금 중증 환자실에서 에크모 장치에 의지한 채 하루하루 연명하고 계십니다. 주치의께서 오늘내일이 최대 고비라고 하셨습니다. 들어가게 해 주면 안 됩니까?"

애원 반 설득 반 사정사정해 보았지만 돌아오는 답은 코로나19 검사를 하라는 똑같은 말뿐이었다.

실랑이 끝에 결국 재현이는 병원 밖 선별진료소를 찾았다. 콧속 깊숙이 면봉이 들어가자, 재현의 눈에서 눈물이 주르르 흘러내렸다.

"검사 결과는 6시간 뒤에 나옵니다. 전화로 통보하는데 음성이면 바로 정상 생활을 할 수 있으나 만약 양성 판정을 받으면 바로 보건소에서 데리러 갑니다. 결과가 나올 때까지는 자택에서 대기하시고, 절대 다른 사람들과 접촉해서는 안 됩니다. 처벌을 받을 수도 있습니다."

재현이는 집으로 가지 않고 대학병원에서 가까운 캠퍼스 안 숲을 찾았다. 아버지가 사경을 헤매고 있는데 집으로 가서 대기할 마음의 여유가 없었다. 봄이라고는 하지만 아직도 찬 바람이 옷 속을 파고들어 온몸이 떨려 왔다. 6시간, 그 6시간 안에 아버지가 버티지 못하고 돌아가실 수도 있다는 생각에 몸은 더욱 움츠러들었다. 아침밥을 굶었지만 대인 접촉을 금하라는 수칙에 식당을 찾을 생각은 엄두도 내지 못했다. 따끈한 커피라도 한 잔 마시면 몸이 풀릴 것 같았지만 그조차 조심스러웠다.

검사 후 대기실이라도 있으면 그곳에서 며칠 밤 뜬눈으로 보낸 충혈된 눈이라도 붙여 볼 텐데 대기실조차 마련해 놓지 않고 6시간을 기다리라니, 재현이는 추위를 피해 보려 사람들이 보이지 않는 캠퍼스 곳곳을 걸었다. 고개를 떨구고 걷는 발걸음마다 에크모에 인공호흡기까지 주렁주렁 매달고 있는 아버지의 퉁퉁 부은 얼굴이 눈앞에 아른거렸다.

아버지 생각만 하면 재현이는 만감이 교차했다. 경제적 무능력에 화가 치밀었다가, 작은아버지 빚보증으로 무너지기 시작한 아버지의 인생사를 생각하면 불쌍하기 이를 데 없다는 생각에 눈물이 하염없이 흐르기도 했다. 회복 가능성이 5%도 안 된다는 주치의의 말이 자꾸 귓전을 때려 왔다. 저렇게 아버지가 돌아가시면 남은 식구들은 어찌해야 할지, 20대의 나이에 직장 하나 반듯하게 가지지 못한 재현이 처지에 갑자기 가장의 지위를 물려받는다면, 불현듯 아버지의 첫 시집에서 보았던 시 <빨래>가 떠올랐다.

어머니의 빨래를 넌다

이번이 마지막일지도 모른다

빨랫줄에 널린 어머니의 속옷

팔 들어 허공을 젓는다

늘어질 대로 늘어진 오른팔

빨랫줄에 걸려 소리 없이

16년 마비된 팔이 움직이고 있다

다리가 하늘을 걸어 보려 한다

어머니의 이불이 말려진다

이번이 마지막일지도 모른다

용변의 얼룩도 체온도 말려진다

뚝뚝 떨어지는 물방울을

나는 눈물이나 슬픔이라고 말할 수 없다

다만 가벼워지는 어머니의 육신

숨가쁘게 이승의 호흡을 몰아쉬고 있는,

차마 아쉬운 이승 하늘 뜨겁게 몰아 뿜고 있는,

정말 한 삶이 죽어 가고 있을지도 모르는 이 시각

이번이 마지막일지도 모르면서

빨래는 말라 간다.

숨가쁘게 움직이고 있다.

아버지는 16년을 치매에 걸리신 할머니 병구완을 하셨구나. 어디 할머니뿐인가. 중풍의 할아버지 또한 수십 년을 홀로 돌보셨지. 아버지는 친구 분들보다 결혼이 10년 넘게 늦으셨다지. 나를 낳으신 것이 40대라니, 나는 늦둥이도 한참 늦둥이네. 하긴 중풍의 시아버지, 치매의 시어머니를 모시러 누가 시집을 오겠는가. 어머니께서는 아버지께 시집 오신 것만으로도 열녀가 아닐까? 시부모 봉양이 만족스럽지 못하다고 타박하고 부부싸움이 잦으셨던 아버지가 과욕을 부리셨구나.

　그런데, 그렇게 고생고생하신 아버지의 끝이 겨우 이런 것이란 말인가. 고생 끝에 낙은 우리 몫이 아니었구나. 어떻게 저렇게 몸이 만신창이가 되도록 내버려두셨을까. 혹시 스스로 몸을 혹사해 죽음을 앞당기시려 했던 것은 아닐까.

　재현의 머릿속에서 오만가지 생각이 명멸할 때 그 생각을 씻어나 내려는 듯 전화벨이 울렸다.

　"재현아, 아빠 담당 의사 선생님께서 너와 통화하고 싶어 하신다. 바꿔 줄게."

　"어머니께 이야기 들었습니다. 지금 코로나19 검사를 받고 결과를 기다리고 있다고 했죠? 아무래도 아버지께서 더 버티기 힘든 상황이라 전화를 한 것입니다. 장기란 장기는 모두 기능을 잃어 가고 있습니다. 에크모 장치로도 이젠 한계가 왔습니다. 가족회의를 통해 결정해 주어야겠습니다. 그리고 참 어려운 이야기입니다만 장기 중에 오로지 간 하나만은 깨끗하니 기증할 의사가 있으신지도 알려 주십시오. 한 시간 내로 간호사를 통해 답을 주시기 바랍니다."

전화를 쥐고 있는 재현의 손이 심하게 떨렸다.

"선생님, 아직도 검사 결과가 나오려면 세 시간이나 기다려야 합니다. 그때까지는 버티게 해주세요. 아버님 얼굴이라도 뵙고 보내 드려야 덜 죄송스러울 것 같습니다. 그리고 장기 기증은 가족들과 상의해서 알려 드리겠습니다."

"네, 알겠습니다. 아드님의 임종 여부는 저도 장담할 수 없습니다. 워낙 위중한 상태라 한두 시간 안에라도 돌아가실 수 있습니다. 이해해 주시기 바랍니다."

전화는 끊겼고, 재현이는 통곡했다. 예순여섯의 아버지를 속절없이 보내 드려야 하다니, 재현이의 울음은 캠퍼스 안 숲속을 뒤흔들었다.

재현이 가지고 있는 아버지의 전화에서 '카톡' 소리가 울렸다. '절친5인방'이라 명명된 단톡방에 새 메시지가 떴다. 그 방의 멤버들, 아버지가 그토록 자랑하던 아버지 친구들이다. 지난해 연말에 여권 갱신을 위해 들어왔을 때 재현은 아빠 친구들의 송년 모임에 건강이 좋지 않은 아빠를 모시고 참석한 적이 있었다. 아빠는 그때 오고 가는 차 안에서 몇 년째 당신을

친형제보다 더 챙기고 있는 친구들이라고 입이 닳도록 칭찬
했다.

> 재현아, 아빠 병간호 하느라 많이 힘들지? 아빠 친구들께 급히
> 전할 내용이 있으면 이 단톡방에 올려라. 네가 아빠 전화를 가지
> 고 있으니 그렇게 하는 것이 좋겠다. - 이명훈

아빠와 대학교 동기인 명훈이 아저씨다.

네, 짧게 답하고 일어났다. 아무래도 커피 한 잔이라도 마셔
야 마음이 진정될 것 같았다. 모자를 눌러쓰고 마스크를 단단
히 조인 뒤 병원 앞 커피숍에 가서 죄인처럼 고개를 숙이고 커
피를 주문했고, 고개를 숙인 채 커피를 받아들었다. 행여 코로
나19를 옮기는 것이 아닌가, 환자라도 된 듯한 마음이었다. 숲
으로 돌아온 재현은 커피를 한 모금 입에 물고 여동생과 통화
를 했다. 여동생은 단호했다.

"오빠, 나는 엄마에게도 말했지만 장기 기증은 절대 반대
야. 아빠 몸이 엉망진창이라잖아. 오직 하나 온전한 것이 간이
라고 하는데 천국에 가실 때 그것 하나라도 온전히 가지고 가
셔야지. 아빠 너무 불쌍해. 오빠는 해외에 있어서 모르겠지만
아빠는 죽음을 자초한 것이 분명해. 가족에게 짐이 되기 싫었
던 것이지. 차라리 내 간을 누군가에게 기증하는 한은 있어도
절대 아빠 간은 아빠가 가지고 가시게 했으면 해."

"알았다, 나는 병원 안으로 들어갈 수 없으니 간호사에게 우리 가족의 뜻을 전해 다오. 나도 너와 같은 생각이다. 무슨 일 있으면 빨리 연락하고."

재현은 다시 아빠의 휴대전화를 꺼내 카톡 메시지를 읽기 시작했다. 베트남에 나가 있는 동안 아빠의 생활사를 알 수 있을 것 같아서였다.

재현이가 베트남 다낭으로 떠났습니다. 내게 하늘 같은 땅 같은 친구들이, 내 자식 싹 하나 틔워 주기 위해 천지가 움직였습니다. 천지가 관여하고 있습니다. - 구인회

홀로서기 시작이네. 큰 성장의 발판이 되기를…. - 이혜월

요즘 다낭이 가장 핫한 여행지라니 열심히 하기만 하면 국내에 있는 것보다 훨 나을 거야. 자네 아들의 국제화를 축하하고 성공을 비네. - 박응진

나는 평생 6대양을 헤치고 다니는 마도로스라네. 다낭으로 정말 잘 보냈네. 아들이 우물 안 개구리에서 벗어난 것을 축하하네.
- 한형민

아들이 내 사슬까지 가져갔나 보네. 허망한 가벼움. 한없이 처지고 힘없고 가라앉기만 한다네. 비어 가는 몸과 마음 다 빠져 나간 것 같아. 무기력의 끝이 이런 걸까. 이젠 아무 참견도 간섭도 시비도 분별도 헛된 것. 어느 것 하나도 가르치고 야단치고 싶지 않다네. 스스로 무엇이 되든 안 되든 되어 갈 것.
나의 시대는 끝난 것. 다 맡기고 떠날 뿐. 지도무난(至道無難)이요

유혐간택(維嫌揀擇)이니 단막증애(但莫憎愛)면 통연명백(洞然明白) 하니까(증오와 사랑을 끊으면 훤히 밝다)!

재현이 다녀가다. - 구인회

베트남에 갔던 아들이 비자 갱신 때문에 3박5일 집에 오다. 첫 직장 생활이요 타국 생활이니 얼굴 상태만 보게 된다. 두 달여 다낭 생활의 첫 소득, 달러 봉투를 열어 보여준다. 장학재단 대출 갚고, 주택저축 넣고, 내게 꾸어 간 돈 일부를 갚았다. 나름 제 역할을 해 기쁜 모양이다. 친구 몇을 만나고, 나를 데리고 찜질방에 가고 맛있는 음식 대접하고, 동생과 엄마 옷을 사주느라 짧은 일정을 분주하게 나눠 쓰는데 게으름이 많이 줄었다. 죽는 날까지 부족함과 함께 살지만 그렇게 인생에 적응하는 걸 보고 칭찬 한마디를 보태 주었다. 지금 또 먼 하늘을 갈 아들이 다음 만날 때까지 보람 있고 즐거운 삶이 되길 소망한다. - 구인회

다 맡기고 떠나시겠다니! 아빠는 죽음을 자초했다는 예림이 말이 사실이란 말인가? 왜 아빠는 당뇨 치료를 적극적으로 하지 않으시다가 온갖 합병증에 심근경색까지! 경제적 문제만은 아닌 다른 이유가 또 있을까? 나의 다낭 가이드 생활에 대해 그토록 기뻐하셨던 아버지인데. 이를 악물고 몇 년 벌면 지하 월세방을 탈출하여 햇볕 드는 집을 구해 드릴 수 있을 텐데….

재현은 다시 아버지의 '절친5인방' 단톡방을 열었다.

혈액 검사 결과 크레아티닌 값이 2.94! 엄청 나빠졌네. 고민! - 구인회

2년 전 수치 1.23까지 가도록 노력하소. 카톡에 올려놓은 도표를 보니 콜레스테롤과 당화혈색소는 좋네. 먹는 양이 적어 그렇겠지? 운동과 규칙적인 식사, 고요하고 즐거운 마음 관리로 건강하자구. - 박응진

아빠가 마비 증상을 보인다는 예림이 연락을 받고 급히 구 처사 집에 가서 구 처사 태우고 친구가 의료원장으로 있는 성혜병원에 와서 신경과 진료를 받고, 3시에 MRI 찍기로 했다우. 예림이가 따라와 아빠 케어 중. - 이명훈

애쓰셨네. 신장 기능 저하에 시력까지 나빠지니 걱정일세. 늦었다고 할 때가 가장 빠른 것이니 이제라도 담배 끊고 몸 관리 잘 하자구. 우리 모두 세월 앞에 연착륙하자구. - 박응진

의사와 상담한 녹음 파일 들어 보니 의사가 성심성의껏 진료하구 상담해 주었네. 녹음까지 하다니 이 처사는 주도면밀하네. 조만간 구 처사 몸보신 자리 마련해 보리다. - 이혜월

청담동 병원 신장 조직검사 결과 보러 감. 사구체가 16% 남았다 함. 신장 찌꺼기 흡착포 역할 약을 지어 줌. 한 달 약 먹고 다시 보자 함. - 구인회

오늘 안과에 가서 백내장 수술 결과 봄. 수술은 잘 되었으나 황반 부종. 각막 등의 상태가 회복되지 않아 자연 회복을 기다려야 한다네. - 구인회

올해 들어 첫 검사. 크레아티닌 5.2. 절망적! - 구인회

6년 반 동고동락한 라보 차와 이별하다 / 눈물 없는 겨울날 / 병든 주인에 의해 / 팔려 가는 작은 몸 / 수고한 세월과 길 / 상처 난 몸과 마음 / 이르지 않고 / 양처럼 골목을 / 빠져나간 차 / 출사표를 쓰고 / 촉나라를 떠나는 제갈공명이 그랬을까 / 가득한 눈물 삼킨 / 아득한 인연이 세상을 간다 - 구인회

라보 차, 굽이굽이 사연도 많았는데. 사람 일이야 일러 무엇하리오. 코로나19로 시절은 하수상해도 봄은 오는데 남도 여행 어떨까? - 박응진

다음 주 화~수 어때? - 이명훈

지역 감염이 번져 가고 있어 기저질환이 있는 박 처사, 구 처사는 더욱 조심해야. 산수유꽃 필 무렵을 기다리는 것이 어떨까? - 이혜월

아버지, 아버지의 마지막 수입원이었던 라보마저 파셨다니. 그 라보로 제게 운전을 가르쳐 주셨고, 화물 배달할 때 가끔 따라다니며 짐도 나르고 대신 운전도 했는데 결국 시력도 약해지고, 몸도 가누시기 힘들어 라보마저 파셨군요. 그 돈으로 당뇨 치료라도 제대로 하시고 보약이라도 지어 잡수시지 어찌 통장에 고스란히 남겨 놓으셨어요?

재현은 눈물을 삼키며 단톡방 메시지를 계속 읽어 나갔다.

아버지, 아버지 친구분께 기대어 다낭까지 밀려온, 하나뿐인 아들이 자립하지 못해 마음 한구석 헛헛하기만 합니다. 얼른 결혼해서 아버지 친구분들께도 자랑거리가 돼야 마땅하나 부족한 게 많아

죄송스럽기만 하네요. 빨리 독립하여 홀로 서고 싶지만 아직은 시간도, 그리고 버린 시간도 많기에 기다리지 못하시고 보여 드리지 못할까 조마조마합니다.

부디 강녕하세요. 어머니, 그리고 동생으로부터 아버지 건강 상태는 전해 듣고 있지만 아직 이곳 생활이 안정되지 못해 아버지께는 연락 못 드리고 있습니다. 아버지는 누구보다 잘 아실 거라 믿으며 남자 대 남자로 이해해 주십사 합니다.

부디 삶을 영위하세요. 제가 바라는 바입니다. (명훈 막내아들 결혼 사진 본 후 보내온 아들의 메시지) - 구인회

8월 한 달 내내 아팠다. 뇌경색으로 오른쪽 반신마비가 와 침을 계속 맞고 담이 결려 가슴과 등이 아파 잠을 자지 못했다. 그때 이런 시 한 편 썼네.

〈소공성 뇌경색〉

내 몸이 내 게 아닐 때 / 내 마음이 내 게 아닐 때
어디 있었나 묻는 / 태평양 비나 바람 같을까
어느 먼 인생을 떠돌다 문득 태풍이 된 순간의 뇌
짊어질 것 없는 / 들쳐업을 것도 없는 / 백지의 빈 기류는 공에 살고
모든 무게가 산으로 엎어져 지상을 떠난다
정신부활제 알약을 털어 넣는 목구멍을 조여 오는 뇌혈관
정신을 끊고 / 사람을 끊고 / 숨을 아끼는 시간의 흐름에
기도하게 하소서 / 흔적 없게 하소서
아무것도 남김 없게 / 바라옵나이다 / 빌다니
이런 희미했던 별 하나 / 셀 수 없는 은하수 흔적이
밤하늘에 걸렸다 - 구인회

뇌경색은 그냥 아픈 것과는 차원이 다른 것이었다. 좋다 나쁘다, 잘한다 못한다가 아닌, 유무의 문제다. 유는 생존이고 있음이며, 무는 죽음이고 없음이다. 이 앞에서 나머지 것들은 의미를 잃는다. 아니 차라리 살다 간 흔적이 남지 않기를 바란다. - 구인회

오늘 재현이가 보내온 메시지를 읽고 또 읽으며 아빠로 너무 기뻤고 멋지게 자란 젊은이를 본다. 부디 삶을 영위하라는 말이 마치 내 상황을 알고 하는 말인가 놀라웠다. 그리고 희망을 본다. 세상 이치를 잘 이해하고 있는 것 같아 훌륭했다. 안정의 끝은 없으니 네가 선을 정하여 차근히 추구해 나가면 될 것이라고 말해 주었다. 아빠가 너를 이해할 유일한 사람임을 말해 줘 고맙다고 했다. 삶을 영위해 달라는 말에 가슴이 아려 왔다. 사랑할 수 있는 아들이 있어 좋다! -구인회

아, 아버지! 제가 좀 큰 방을 얻어 아버지를 한두 달이라도 따뜻한 다낭으로 모시려고 했는데 이렇게 허망하게 누워 계십니까? 코로나만 아니었다면 그렇게 할 수 있었는데. 코로나를 피해 들어오자마자 심근경색이라니오! 내가 쫓기듯 귀국한 지 일주일 만에 아버지 심폐소생술을 할지 어찌 알았겠어요?

카톡 메시지를 읽어 내려다가 아버지의 시 한 편이 재현이의 눈에 번쩍 띄었다.

구 처사의 시가 《갈대문학》 3월호에 실렸네. 친구들 한번 읽어 보시게. 되뇔수록 가슴이 미어지네. 무슨 유작 시를 읽는 기분이야.

겨울비 - 구인회

빗소리 사는 곳에
살고 싶다.
목숨 애써 구걸치 않고
흐름 하나로
방울 하나로
순간 매듭짓는 삶
빗소리이고 싶다.
겨울비면 어떠냐
마지막 비면 어떠냐.
소리 하나로 밤을 지키는
내 지하방 시절
희망의 소리면 되지 않겠는가
그 눈동자면 되지 않겠는가
올 만큼 온 비의 길이
이제 문 닫는 소리를
만들려 하는구나
묵음 하나
헐

- 박응진

시를 다 읽고 먼 산을 바라보고 있을 때 '[Web 발신] 성북구 코로나19 상황실입니다. 귀하의 코로나19 검사 결과 <음성>임을 알려 드립니다'라는 문자 메시지가 날아왔다. 안도의 한숨이 터져 나왔다. 다시 한 번 숨을 몰아쉬고 병원문을 향해 황급히 걸음을 옮기는데 동생 예림에게서 전화가 걸려왔다.

"오빠, 빨리 중증 환자실로 올라와. 아빠가 돌아가셨어. 어떻게, 어떻게 하냐구!"

한상준

분명하지 않으나, 분명한 건

"우린들 어쩝니까?"

기석의 목소리도 땡감 씹은 듯 컬컬하고 건조하다. 해마다 4월 초에 운영하던 '농업인력지원상황실'이 2월 중순에 업무를 시작하면서 상황실 파견 직원들 모두 전화 예절 교육까지 받았다. 함에도, 막무가내로 우선 배정을 요구하거나 거르지 않고 토해내는 막말에 시달리며 민원인 대하던 고자세 버릇이 묻어 나왔다. 민원인들도 전 같지 않아, 가는 방망이보다 오는 홍두깨가 드셌다.

"죽은 송장 손이라도 써야 헐 판인디. 맹글어 났으면, 거그넌 무신 방도가 있을 거 아녀?"

"상황이 이래서 안 되고 있는 거 아시잖아요?"

동남아 단기 농업인력들에 일당 주고 나면 빈주먹만 쥐게 된다며 아우성이어도 동남아 인력의 입국마저 쉽지 않자, 관내 여성 일당이 1.5배로 뛰었다. 하우스 농가의 한숨이 엎친 데 덮쳐, 더 깊어졌다.

"누가 몰른다고 혀, 시방. 아는 야그만 허고 자빠졌으면 되느냐는 거시제."

어금니 깨문 듯 약오른 대거리엔 푼더분한 응대가 오히려 해결책인 걸 기석 역시 안다.

"대평리 오이하우스 쪽에는 빠르게 보내 드릴 테니…."

오이하우스 단지만이 아니다. 나물류와 쌈채소도 마찬가지였다. 밭미나리는 새로운 소득원으로 자리 잡았기에 군에서도 각별했다.

"총무계 하기석이제. 믿고 있을 거싱께 알아서 혀. 나, 월산 아랫말 황장수여."

두어 차례 마을 민원 해결을 요청해 온 적 있어, 목소리만으로도 알 만한 사람이었다.

상황실이 급조된 건 코로나19로 국내외 단기 농업인력 수급마저 예전 같지 않자, 아직 판로가 막히지 않은 하우스 농가들이 부지깽이도 거들고 나설 참인데 청에서 손놓고 앉아만 있으면 그게 관의 자세냐며 종주먹 들이대는 농가들 닦달을 견디지 못한 군수실 지시였다. 더불어 사회적 거리 두기가 널리 종용되자, 열지 않기로 한 제18회 강변길 벚꽃축제장 길목에 급기야 '벚꽃도 코로나가 무서워요, 제발 오지 마세요'라는 플래카드가 강바람에 펄럭이고, 농산물 판매가 급격히 하락하여 하우스 농가가 폭삭 망할 처지에 이르렀다. 21대 총선이 코앞이어서 군수실 또한 비상 체제였다.

그런 때에, 강원도에서 온라인 감자 판매에 나섰고 접속이 차단될 정도로 대박 쳤다는 보도를 접한 군수실에서 지역 농산물 판매 촉진 계획을 수립하라는 명이 떨어진 까닭에 상황실도 긴장 상태에 접어들었다. 기석의 기획팀에서 벤치마킹차 강원도에 다녀왔다. 엿새 동안 밤샘하며 기획안을 마련했다. 곧바로 군수실에 보고했고, OK 사인이 났다.

군 브랜드 슬로건인 '평화의 숲으로 가는 길'에서 두레소반에 정갈하게 차린 '자연밥상' 받으시라는 콘셉트로 쌈채소, 오이, 밭미나리, 참나물 등속의 온라인 판매망이 세워졌다. 목하, 성업 중이다. 상황실의 시작은 미미했으나, 끝은 창대하게 마무리될 조짐이 역력했다.

'긴급 현안 협의. 17시 30분, 전원 참석요.'

점심 뒤끝에 이러구러 환담 늘어놓고 있는 차, 군수와 함께 본청으로 출장 간 상황실장의 문자가 날아왔다.

"회식 자리가 바늘방석에 앉는 듯했을 텐데, 잘 됐네. 흐흐."

기획팀 회식 날이었다. 농산물 온라인 판매망 구축에 덧붙여 일일 판매 실적 점검까지 기획팀이 떠맡게 되자, 농업인력

수급 업무 외라 할지언정 관내 하우스 농가를 살리는 일이어서 여태 군소리 없이 일해 왔으나 기석도 연일 스트레스가 쌓이고 쌓였다. 스트레스가 원인이라는 과민성대장염 치료제 복용만 아니면 술판이 그립기까지 한 속내이긴 했다.

"에이, 기분도 그렇고 그래서 한잔 할랬더니만."

지역 경제 살리자는 명목으로 청 인근 식당 번갈아 가며 과별 회식 갖기를 군수실에서 각 과에 은근슬쩍 요망하기도 했다. 이 판국에 사회적 거리 두기에 역행하는 거라며 쑥덕였다. 하지만, 업무 피로감을 털어내기에 과 회식이 나름 유의미한 자리이기도 했다. 청 주변 음식점엔 사회적 거리 두기가 무색할 만큼 붐볐다.

"돈 주고 사서라도 일판 벌일 요량하고 있는 과장이 군수랑 도에 가서 또 무슨 일을 가지고 올까 걱정이 태산인 판에, 웃어?"

기석이 약봉지를 들어 보여도 회식 약속이 깨질 위기에 부아 치솟은 눈총을 쏘아댔다.

사실 상황실장에 해당 부서인 미래농업과장 아닌 군수실 계보의 소득주도경제과장이 보임되자, 속 보이는 인사라고 쑤군쑤군했다. 한시적 보임일지라도 자기 사람 챙기는 인사라며 입방귀깨나 뀌어 대는 축 아니어도 청 안팎에서 입질에 오르내렸다.

상황실장이 17시 30분에 도착했다. 회의 자료가 배포된 건 퇴근 9분 전이었다.

"도 회의가 길어졌고 사안이 긴박하다 보니 퇴근 시간이지만 협의를 갖게 된 점, 먼저 양해를 구합니다. 우리 도가 추진하는 '재난기본소득지원금'에 관한 업무이다 보니, 내용이 복잡하고 시급을 요하는 현안입니다. 업무 성격상 우리 상황실이 맡게 되어 다소 과중하다 할 수 있으나 군수님 특별 지시이다 보니, 그 점,"

"왜 자꾸 딴 일이 덧붙는대요?"

기석이 상황실장의 말허리를 싹둑 자르고 나섰다.

도가 계획하고 있는 '친환경농산물가족꾸러미' 사업 공문을 상황실에 배정해 놓은 걸 보고 파견 끝나면 되돌아갈 부서인 총무과 문서 분류 담당에게 해당 부서인 미래농업과로 돌려보내라고 한바탕 퍼부은 뒤였다. 상황실장의 보니, 보니 말투가 온라인 유통망의 '자연밥상' 판매 실적 일일 점검을 맡길 때와 같은 분위기로 감지되자 머리꼭지가 터진 것이었다.

"모르지 않다 보니 양해를 구하지 않았나? 어려운 국면에 따지고 들면 끝도 없는 일이고, 또 시의성이 요구되는 현안이다 보니 이해하고 자료 봅시다."

상황실장은 직전 군수실 라인 밖에 있어, 사업소 사무관 자리만 전전하다 이번 군수실 계보의 사다리 타고 청에 들어왔다. 현 군수실 지시는 상황실장에겐 받들어야 할 금과옥조였다. 결국, 실무는 운영팀이 맡고 기획팀이 보조하기로 결정되었다. 운영 담당 박 주무관의 수긍하는 표정에 기석은 더 토달지 않았다.

"끝으로, 군수님이 지금 우리 실을 기다리고 계십니다. 모두 군수실로 갑시다."

퇴근 시간이 한참 지난 후였다. 상황실 전 직원을 군수실로 부르는 건 의아스럽기까지 했다. 기석은 군수를 대면하게 된 마당에 상황실 업무가 자꾸 늘어나는 상황에 대해 한마디 건넬 심사를 도졌다. 기석이 노조지부에서 맡은 일이기도 했다.

군수 접견실로 안내된 직원들 표정에 놀라는 기색이 도드라졌다. 아닌 밤중에 차시루떡도 유분수지, 차려진 다과가 각색으로 휘황하여 눈을 희번덕이게 하였다.

"차린 건 많지 않지만 맛있게 들길 바라면서, 한말씀 드리겠습니다. 상황실 여러분의 노고를 감사히 여깁니다. '자연밥상'에 오를 관내 농산물 판매가 전국적으로 인기몰이를 하고 있고 연신 중앙 언론에까지 보도되고 있는 점은 더욱 고무적이랄 수 있겠습니다."

기석은 아랫배가 자꾸 아려 다과에 손이 가질 않았다. 업무편중과 관련해 한마디 건넬 틈을 살피고 있어, 나름 긴장하고 있는 탓인지 속쓰림이 더 잦았다.

"··· 또 다른 측면에서 볼 때, 지구적 환란에 휩싸인 작금의 상황은 코로나19 이전의 세계로, 그런 사회로 되돌아갈 수 없게 만드는, 간과할 수 없는 여러 사태에 직면하게 될 거라는 점입니다. 특히 이런 상황에서 지구적 식량 위기설에 대한 대응책 논의에 소홀할 수 없음을 직시하게 됩니다."

논점은 틀리지 않으나, 상황실 업무와는 다소 무관해 보이는 논지였다. 직원들 표정에 심드렁한 기색이 묻어났다.

"차제에, 우리 상황실의 유능한 직원들이 힘을 모아 주고 있으니···."

군수의 발언 요지인즉, 지구적 식량 위기설에 대처할 수 있는 방안으로 군 차원에서 식량 위기를 극복할 수 있는 작물을 선정하되, 농가소득까지 염두에 둔 보고서를 나흘 안에 마련해 달라는 취지였다. 총선을 앞둔 때에 맞춰 요구하는 보고서 내용으로 미뤄 보건대, 당선 유력 후보에 선을 잇고자 하는 군수실의 조급한 속내로 읽혔다. 현 야당 국회의원으로부터 낙점되어 당선된 군수가 21대 총선에서 당선이 유력한 집권당 후보 쪽을 기웃거린다는 소문이 파다했다. 비서실에서 작성할 수 없는 문건이고 시일이 급하다 보니, 상황실에 조심스레 떠안기는 걸로 여겼다.

"내용의 충실도는 투자 유치에 탁월한 우리 과장님과 상황실의 능력 있는 직원들이 나무랄 데 없을 만큼 채워 줄 것으로 믿고… 고생하고 있는 상황실에 조금이라도 보상하려는 차원에서 회식 자리를 마련했습니다. 한 사람도,"

"군수님, 이건 아닌 것 같습니다."

공식적인 문제 제기를 통해 대응할 필요가 충분한, 명백히 상황실 업무 범위를 넘어선 요구였다. '친환경농산물가족꾸러미' 사업까지 맡게 되면 쓰러질 판이었다.

군수가 바로 응답했다.

"이 보고서 작성은 코로나19로 인하여 위중한 상황에서 코로나19 이후를 우리 군이 슬기롭게 대처하기 위한 사전 작업 의미를 지닌 것이기에 군수로서 어떤 여건과 상황을 고려하지 않고 내린 판단입니다. 또 그런 맥락의 지시입니다. 마칩시다."

"군수님, '농업인력지원상황실'은 엄연히 업무가 적시된 한시적 조직입니다. 이런 식으로 업무가 부과되는 건 업무의 적정 분배 원칙에도 어긋난다는 것이지요."

기석도 정치권과의 연관성은 건드리지 않았다.

"하기석 씨, 회식 장소에 가서 술잔 나누면서 할 수 있는 얘기를 꼭 이렇게 해야겠어?"

상황실장이었다. 직원들도 여기서는 끝내고 회식 장소로 옮겨서 하든 말든 하라는 눈치였다. 동료들이 동조하지 않으면 일단 접어야 했다.

배앓이도 그러려니와, 어색할 게 뻔해 기석은 회식 자리에 참석하고 싶지 않았다. 기석이 차를 빼려는데, 옆좌석 문을 열고 상황실장이 탔다. 기석은 벗어날 수 없는 상황인 걸 인정했다. 상황실장이 잡아끄는 대로 다른 차로 옮겨 탔다.

가랑비 피하려다 소나기 만난 회식 자리이긴 하나, 스트레스가 일으킨 과민성 배앓이라 진단하는 터, 술잔만 만지작거리던 기석이 쌓인 스트레스 확 날려 버릴 심사로 술을 툭 털어 넣는다. 속이 싸했다. 시끌벅적하여 군수에게 한마디 더 건넬 분위기가 아니었다. 아린 속을 타고 기석의 가슴을 무언가가 쿵 쳤다.

코로나19 이후는 코로나19 이전과는 전혀 다른 세상이 오게 될 거라고 입 달린 자들이면 죄 예단하고 있지 않은가? 언제 끝날지 모르는 코로나19처럼 상황실의 종료 시점 또한 분명하지 않으나, 분명한 건 코로나19 이후 희망 세상 열어 가기 위해 이번 총선에서 지역구는 민중당 후보를, 비례는 녹색당을 찍겠다는 다짐이었다.

기석이 군수 쪽을 힐긋 건너다본다. 상황실장과 뭔가를 숙의하고 있는 듯했다. 군수를 대상으로 문제를 제기하는 경우, 노조지부 안에서도 갑론을박이 만만치 않았다. 아무려나, 치밀한 준비가 필요했다. 기석은 마시려던 술잔을 내려놓으며 마음을 단단히 여몄다.

이시백

행복한 고릴라

훗날 'Happy19 virus', 혹은 '행복한 고릴라'라고 명명된 대역병의 정체는 아직도 밝혀지지 않고 있다. 전 세계로 번져 나간 바이러스는 18개월 동안 987만 5,247명을 감염시켜 대혼란에 빠뜨리게 하고는 홀연히 종적을 감추었다. 의료 전문가와 역학계 학자들에 의하면 그 바이러스가 사람의 뇌 조직을 집중 감염시켜 환각과 환상에 빠지게 하며 해마에도 치명적인 변이를 일으켜 단기 기억상실을 일으킨다고 밝혀졌다. 알츠하이머 병증과 유사한 증세인데, 특이하게도 회복 후에 후유증을 전혀 남기지 않는다는 점에서 원인미상의 신종 질환으로 분류되었다. 학자들은 이 바이러스에 감염되면, 아프리카 체체파리가 숙주인 수면병이나 미치광이 버섯 중독과 비슷한 환각 상태에 이르게 하는 점에서 신종 질환이 아프리카에서 시작됐으리라 추정했다. 일부 감염학자들은 최초의 환자로 알려진 영국의 사만다 브로우닝이 장기간 아프리카 콩고에서 '착한 고릴라 지키기 운동'에 참여했던 사실을 들어, 이 질환이 고릴라를 숙주로 하는 흡혈충이나 진드기가 일으킨 출혈열류의 바이러스가 원인이라 주장했다.

문제는 영국으로 돌아온 사만다가 고릴라 생식기를 강장제로 쓰는 데 항의하기 위해 중국의 약재시장을 방문하여 동료들과 반대 캠페인을 벌였다는 사실이다. 이 과정에서 그녀는 흥분한 현지 상인들과 몸싸움을 벌였으며 공안당국에 검거되어 구치소에서 7일 넘게 일반 구류자들과 함께 지냈다는 점이다. 그녀가 영국 정부의 항의로 풀려나 조국으로 돌아왔을 때 그녀는 이미 잠복해 있던 바이러스가 활동하며 괴질 증세를 보이고 있었다. 양국 간에 심각한 외교적 분쟁을 일으키며, 화제의 인물이 된 그녀는 전 세계로 방송된 BBC와의 인터뷰에서 대중의 우려와는 전혀 다르게 지극히 행복한 웃음과 표정으로 앵커를 당황시켰다. 그녀는 꽃 위를 날아다니는 나비처럼 밝은 기운이 넘치는 얼굴로 자신이 얼마나 행복한지를 전하기 바빴다. 홍조 띤 얼굴에 충만한 기쁨과 행복감이 티브이를 보는 전 세계의 시청자들에게도 유감없이 전달되었다.

사람들은 어처구니가 없어 하면서도 그녀와 그녀의 고릴라들이 그리 행복한 사실에 안도했다. 그런데 얼마 지나지 않아 그녀와 같은 기쁨을 호소하는 사람들이 늘기 시작했다. 주로

영국과 중국, 아프리카(남미와 이탈리아에서도 나타났지만, 워낙 그
들은 명랑 쾌활하여 정확한 판정이 불가했다)에서 나타난 그런 사람
들은 감염이 아니라면 이해하기 힘든 일정한 증세를 보였다.
행복이 무슨 문제겠는가. 다만 전혀 행복하지 않을 상황에서
도 그들은 행복했다. 예를 들자면 사업 실패로 파산하거나, 불
치의 암 판정을 받고 죽음을 기다리거나, 사랑하던 남자가 자
신의 친구와 놀아나는 장면을 목격한 에든버러의 한 여성까
지도 만면에 웃음을 지으며 행복해했다. 그것은 정말 행복해
몸부림친다는 표현에 가까웠다. 거의 조증 환자처럼 활기를
띠고 누구나 감지할 수 있는 행복감을 드러냈다.

이들의 증상에 주목하여 최초로 정체 모를 바이러스가 뇌
에 침투하는 신종 감염 질환이라는 걸 발표한 영국 왕실 의
료원의 토머스 파들릭 경에 따르면, 이 바이러스는 호흡기
를 통해 전염되며 인체의 뇌에 침투하여 착란과 망각을 일으
킨다고 했다. 그는 알츠하이머 환자들에게서 나타나는 PBA
Pseudobulbar affect와 유사한 가상 감정 표현을 보인다는 점에
주목했다. 감염자들은 웃음을 참지 못하여 때를 가리지 않고
그야말로 실실 웃는다고 했다. 또한 이것이 노화로 인한 뇌기
능의 장애가 아니라 외부 바이러스에 의한 감염이라고 보는
근거로, 감염자들이 최초 환자인 사만다의 이동 경로와 완벽
하게 일치하며, 공통된 증세들을 보이고 있다는 점을 들었다.

그는 행복한 웃음 외에는 별다른 장애나 손상을 보이지 않는 환자들의 동의를 얻어 왕립 검역원에서 임상 연구를 하게 되었다. 수 개월에 걸쳐 시행된 연구를 통해 그는 미세한 뇌의 전기적 변이와 조절 장애를 발견했지만, 정확한 병원체의 분리와 규명에 실패했다. 이 신종 바이러스는 기존의 병원체와는 전혀 다른 차원의 활동을 보였다. 외부의 조치에 대응하여 스스로 위장하고 변이하도록 진화되었으며, 신체적 접촉이나 공기 중의 비말을 통해 전염되는 걸로 확인되었다. 전화 통화나 서로 다른 층의 아파트에서 대면 없이도 감염된 사례가 보고되었지만, 학자들은 이를 심리적인 유사 증후로 보았다.

환자들을 치료한 의사의 말로는 이 신기한 바이러스는 심리적 변화 외에는 전혀 다른 문제나 장애를 일으키지 않으며 오히려 신체적 기능이 개선되고, 면역력이 강화되었다고 전했다. 감염자들이 정서적 안정과 행복감이 고조되어 대안 치료적 효과를 내는 듯하다고 설명했다.

초기엔 정체 모를 신종 질환을 두려워하여 마스크나 손 소독제를 사재기하고, 외출을 줄여 자영업이 위축되는 경제적 문제를 일으키기도 했지만, 이 질환이 별다른 후유증이 없을 뿐더러 외려 신체 기능을 더 좋게 만들고 행복감을 준다는 말에 상황은 반전되었다.

심각한 우울증으로 몇 차례나 자살을 기도하여 화제가 되었던 인기 가수 제론 에이미가 티브이 토크쇼에 출연하여, 신종 질환에 감염되어 자신이 겪은 행복한 변화들을 털어놓은 것이 기폭제가 되었다. 며칠 지나지 않아 그녀의 스물아홉 번째 생일 파티에 참석했던 청년 팬이 자신도 그녀에게 전염되어 현재 행복해 못 견딜 지경이라는 사실을 페이스북에 소개하며 폭발적 관심을 불러모았다. 제론 에이미는 아침부터 찾아오는 팬들과, 앞으로 팬이 되려 한다는 사람들에게 시달리다 못해 종적을 감췄고, 그럴수록 이 행복한 병에 감염되려는 사람들의 열기는 더욱 뜨거워졌다. 수년 동안 우울증과 불안증을 약물로 치료하다 부작용으로 정신병원에 보내진 어머니가 이 병에 걸려 단숨에 호전되었다든가, 말기 암에 걸려 호스피스 병원에서 죽을 날만 기다리던 노인이 간호사를 통해 이 병에 감염되어 건강을 되찾았다는 이야기들이 인터넷을 타면서 '행복한 고릴라'로 불리는 신종 질환 이야기는 전 세계로 퍼져 나갔다. 신종 질환이 몸안의 병원체들을 소멸시킨다는 이야기가 나돌며, 말기 암이 완치되었다는 노인의 호스피스 병원은 갑자기 몰려든 난치병자들로 아수라장이 되었고, 병원은 이 병을 전염시킨 것으로 알려진 간호사를 집에서 쉬게 했다.

뜻하지 않은 피해는 도처에서 일어났다. 행복감을 토로한 신종 질환자들은 몰려드는 사람들에게 시달렸다. 신분이 노출된 환자들은 서둘러 행방을 감추거나, 경찰에 보호 요청을 해야 했다. 그럴수록 환자들을 찾아내려는 시도는 수단 방법을 가리지 않았다. 트위터에 감염자로 잘못 알려진 시애틀의 한 여성은 한밤중에 느닷없이 들이닥친 사람들에게 허그를 수십 차례나 해야 했고, 영국 맨체스터의 한 마을에선 늙은 환자를 강제로 요양원에 가두고 감염을 원하는 이들에게 고액을 받고 대면시키던 납치범이 체포되었다. 그는 법정에서 처음부터 노인을 감금할 생각은 없었으며, 난치의 무좀을 치료하려 노인을 모셔 왔을 뿐이라고 변명했다. 그는 노인과 며칠을 같은 침대를 쓰고 지내도 무슨 이유에선지 그 망할 놈의 병이 감염되지 않아 시간이 걸렸을 뿐이라고 주장했다.

'행복한 고릴라'는 전혀 예기치 못한 대혼란을 일으키고 있었다. 방역 당국과 의료 기관에서는 이 정체 모를 질환이 치명적인 후유증을 일으킬지 모른다고 경고했지만, 한번 불붙기 시작한 신종 바이러스의 열기는 식을 줄을 몰랐다.

환자들을 찾으려는 이들과, 피하려는 환자들 사이의 필사적인 각축전, 거기에 온갖 황당무계한 괴담과 가짜 뉴스를 타고 바이러스는 전 세계를 순식간에 오염시켰다.

그런데 끝없이 번져 나갈 것 같던 신종 질환에 변화가 일어났다. 놀라운 감염력을 보이던 바이러스가 어떤 변이를 일으켰는지(일부 의사들은 인체 내에 집단적인 항체가 생겼다고 주장했다) 쉽게 감염되지 않게 되었다.

그러나 괴담은 멈추지 않았다. 환자의 피를 마시면 감염된다는 소문에, 환자들을 납치하여 폭행하거나 강제 채혈을 하는 사건이 벌어지기도 했다.

이런 일이 늘며 감염자들은 더 이상 행복하지 않았고, 공교롭게도 이들의 감염력도 서서히 사라지게 되었다. 의학적으로 이들은 신종 역병에서 완전하게 치료되었다는 판정을 받았다. 문제는 완치된 환자들이 자신이 맛보았던 행복감을 잊지 못하여 심각한 상실감에 빠져 지내게 되었다는 것이다. 몇몇 완치자들은 절망감에 시달리다 못해 스스로 목숨을 끊기도 했다. 완치자들은 다시 감염되기를 바라며, 환자를 찾아 나서는 무리의 선봉에 나섰다. 완치자들이 늘면서, 환자들을 찾는 사람들은 어떤 조바심에 사로잡혀 점점 광기에 빠져들었다. 환자를 찾아 떼를 지어 몰려다니는 이들은 함부로 남의 담장을 넘고, 가족이 보는 앞에서 강제로 채혈을 하기도 했다.

누가 정상이고, 환자인지 구분조차 되지 않는 대혼란은 세계 도처로 번져 나갔다. 미국의 디트로이트에서 환자로 지목된 소년을 강제로 납치하려고 남미에서 찾아온 사람들에게 그 아버지가 총을 발사하여 아홉 명이 사망하는 사건이 벌어진 뒤로, 각국의 공항들은 특별한 목적이 없는 외국인의 입국을 거부하거나, 신원이 확인될 때까지 14일 동안 수용 시설에 격리하는 법안을 시행했다.

18개월이 지나, 세계보건기구에서 이 정체 모를 신종 역병이 완벽하게 소멸되었다고 발표한 뒤에도 한동안 이런 집단적인 광기는 사그라들지 않았다. 끝없는 괴담과 불법 납치, 사이비 종교와 근거 없는 유사 의술들이 수시로 문제를 일으켰다. 훗날 역학자들은 이런 대혼란과 집단 광기야말로 이 신종 역병이 지닌 치명적 독소이며 심각한 후유증이었다고 지적했다.

구자명

섬국지 연의

노을이 수평선 너머로 갑사 비단에 떨어진 홍화 물감처럼 곱다랗게 번지기 시작했다. 고향집 어린 누이 머리에서 찰랑거리던 댕기 빛깔이었다. 궁은 그 귀여운 아이를 다시 볼 수 없을지도 모른다고 생각하니 비할 데 없이 아름다운 풍광조차 서글프기만 했다. 이 섬에 와서 보름달이 기울었다 차기를 몇 번이나 했는지 헤아려 본 지 오래였다.

　　몇 달 전만 해도 둥글게 차오르는 달을 세 젊은이가 동굴 앞에 앉아 함께 바라보곤 했었다. 그 얼마 전, 평생 관 짜는 일을 했다는 염장이 노인은 이런저런 나뭇가지들을 모아 만든 뗏목을 타고 일기 순후한 어느 아침 먼 바다로 떠났다. 육지에 가닿는 대로 배를 구해 반드시 데리러 오겠다고 호기롭게 약조하며 작별을 했다. 그러나 달포가 지나도록 섬 해안에는 배는커녕 파도에 밀려 떠내려온 널빤지 하나 얼씬대지 않았다.

화국 젊은이 창이 지나치리만큼 환한 달빛 아래 실의를 감추지 못하는 표정과 목소리로 결론을 내렸다.

— 필시 그 뗏목이 영감의 관이 된 게야. 예서 가장 가까운 육지 도읍이라면 아무리 뱃길이라도 열흘이면 오갈 텐데….

— 거긴 번국 도읍이지, 여국 사람이 도움을 청할 수 있는 데는 아니잖은가.

번국 젊은이 검이 지적하고 나서며 흘깃 궁을 쳐다보았다.

— 염장이 영감이 여국 사람이었나? 저 친구랑 말이 잘 통하긴 했지만 그이가 어디 사람인지 확실하게 알려진 바도 없으니….

여국 젊은이 궁은 못 들은 척 화제를 돌렸다.

— 약속한 백일이 지나도록 나는 아무런 증상이 없고 자네들도 겉보기에 괜찮은데 어떤가? 감염자 수십 명이 함께 일백일을 지나는 동안 모두가 죽고 말았는데 그 염장이 노인과 우리만 살아남은 게 참으로 이상하지 않은가? 우리가 뭘 따로 먹은 거라곤 그 술 한 잔뿐인데….

은사를 뿌린 듯한 찬연한 달빛 아래 약관의 청년들이 처연한 얼굴로 제각기 생각에 잠겼다.

외딴 섬에 세 나라 선박이 각각 닻을 내려 여남은 명씩의 역병 감염자들을 부려 놓고 떠난 건 비밀리에 이루어진 삼국

간 협약에 의한 것이었다. 범지역적으로 창궐한 전례 없는 역병으로 가장 가까이 접경한 세 나라 모두가 국가적 도탄에 허우적이던 상황이었다. 남쪽 바다에 면한 삼국의 세 도읍에서 뱃길로 닷새쯤 걸리는 곳에 전설의 약초가 자란다는 섬이 있었다. 살아 보았다는 이가 아무도 없는 작은 무인도지만 섬 전체에 백일 간만 먹으면 만병이 떨어지는 약초가 널려 있다는, 믿거나 말거나 긴 세월 전해 내려온 이야기가 있었다.

세 나라 조정에서는 각기 실험단을 꾸려 배에 태웠다. 백일 후에 건강히 살아남은 자들이 있다면 그들이 가지고 돌아올 전설의 약초를 재배해 역병을 다스릴 수 있으리란 계산에서였다. 전년도 삼국무예대회 우승자들인 세 젊은이를 함께 보낸 것은, 보고된 바 없으나 만에 하나 그곳에 숨어 살지도 모를 원주민의 위협에 대비해서였다. 그 셋은 말하자면 호위 무사들이었다. 후대에 나온 사록史錄에도 이름은 명기되어 있지 않기에 편의상 이 연의에서는 그들을 창, 검, 궁으로 일컫는다. 화국의 무사는 중심부에서 수십 명의 공격을 너끈히 막아내며 동시에 무찌르는 화려한 창술을 자랑하므로 창이라 부르고, 번국의 무사는 날 벼린 긴 칼을 고요 속에 약동시키는 정중동의 검술이 예술의 경지인지라 검이라 부르고, 여국의 무사는 말을 타고 활을 쏘며 드넓은 초원을 정복한 기마 부족의 전통을 이어받은 궁술의 명인이기에 궁이라 부른다. 창,

검, 궁 세 무사는 고향에서부터 역병 환자들 사는 곳을 오가긴 했으나 섬에 와서부터는 그들과 생활까지 함께하게 되었다.

감염자들은 증세의 정도가 처음에는 제각각이었으나 나중으로 갈수록 모두 중증이 되었다. 이 섬에 자라고 있다는 전설의 약초는 도대체 어떻게 생겨먹은 식물인지 누구도 몰랐으므로 되는 대로 그럴듯해 뵈는 아무 풀이나 뜯어 먹고 설사를 하거나 복통을 일으키는 일이 다반사였다. 배에 싣고 온 양식이 거의 동나 갈 무렵 세 나라 사람들은 하는 수 없이 나무에 달린 열매들을 따먹기 시작했다. 다행히 이 섬에는 육지에서 볼 수 없던, 맛도 괜찮고 먹으면 속이 든든해지는 열매들이 지천이었다. 약초 찾는 일이 무망해진 상황에서도 최소한 굶어죽을 일은 없게 되자 사람들은 열매를 먹는 시간 외에는 나무 그늘이나 동굴 속에서 종일 퍼드러져 있었다. 대부분의 감염자들이 먹고 자고 먹고 자고 하던 끝에 결국은 먹다가 죽거나 자다가 죽거나 했다. 다행히 염장이 노인은 별 증상이 없어서 하나하나 죽어 나가는 사람들을 염해서 묻어 주는 일을 할 수가 있었다. 그러는 동안 세 무사는 혹시 있을지 모를 미지의 습격자를 경계하여 섬 둘레를 부지런히 순찰 돌고 밤마다 사람들이 기거하는 동굴 앞에서 교대로 파수를 섰다.

마지막 감염자가 운명한 날이 마침 섬에 온 지 백일째 되는 날이었다. 그 가엾은 인생을 어느 때보다 정성 들여 염하고 장례를 치러 준 후 세 젊은이와 노인은 한자리에 모여 앉았다. 노인이 허리춤에서 가죽 자루를 풀어 내놓으며 잔을 가져오라 일렀다. 발이 잰 창이 동굴로 뛰어가 옹기 잔 네 개를 가져왔다. 성분을 알 수 없는 무색무취의 독한 술이 자루에서 나왔다. 그 술을 한 잔씩 마시자 세 젊은이는 금세 뱃속이 후끈거리더니 기분이 날아갈 듯 상쾌해졌다.

　— 이게 대체 무슨 술인 게요? 몽혼약을 탄 건 아니겠죠?

　노인이 껄껄 웃으며 대꾸했다.

　— 비장의 가전주家傳酒라네. 이걸 야금야금 마셔 온 덕분에 이 늙은이가 아직 멀쩡한 거 같아. 이 술의 주재료인, 육지에서는 귀하디귀한 약초가 이 섬에는 널려 있다고 하더니만 결국 아무도 못 찾고 말았구먼. 나는 그동안 은밀히 엮어 온 뗏목이 완성됐으니 내일 바다로 나가겠네. 어차피 나같이 근수 안 나가는 늙은이나 실을 수 있을 정도의 물건이니 자네들은 섭섭히 생각 말게나. 대신 이 술을 남겨두고 갈 테니 조금씩 나눠 마시며 나 돌아올 때까지 잘 버텨들 보시게.

　이튿날 세 젊은이는 노인을 배웅하며 그의 순항을 간절히 빌었다. 그들이 노인의 뗏목을 굳이 탐내지 않은 이유가 있었다. 어차피 그들의 고향에서는 지금쯤 역병이 더 창궐하여 차라리 이 섬에 피해 있는 것만 못하리란 판단이 들었고, 노인이 의리를 지켜 돌아오면 저간의 사정을 들어 보고 상황이 나아진 듯하면 귀항해도 되리란 심산에서였다.

애초에도 그랬거니와 꼬박 백일을 역병 환자들과 함께 생활하고도 아무 이상이 없는 건강한 신체를 지닌 그들이기에, 노인이 주고 간 비주秘酒는 비상시를 위해 동굴 벽감에 모셔 두고 건드리지 않기로 약조하였다. 그러나 열흘이 지나고 보름을 넘겨 달포가 되도록 구조의 기척이 없자, 그들은 조금씩 초조해지기 시작했다. 당초 각 나라 조정에서 실험단을 섬에 보낼 때 내건 조건이 백일 안에 귀항선을 보낸다는 것이었는데 어찌된 일인지 삼국 어디서도 감감무소식이었다.

피 끓는 젊은 무사들은 열매나 따먹으며 연명하는 무료한 섬 생활에 지쳐 갔다. 섬 한가운데는 그 봉우리가 구름에 가려 보이지 않는 신령한 자태의 산이 솟아 있었다. 사람들은 섬에 도착해서부터 그 산이 궁금했으나 워낙 산세가 험해 뵈는데다 거의가 병든 처지여서 아무도 가본 이가 없었다. 세 무사역시 하루하루 감염자 공동체의 지킴이 역할을 하기에 바빠그동안 산에 올라 볼 엄두를 못 냈다. 하루는 여국 무사 궁이 그 영산의 첫 탐사자가 되겠노라 선언하고 나섰다.

노인이 떠난 후 보름달이 기울었다 차기를 세 번 더 하고난 아침이었다. 궁은 전날 밤 손질해 둔 활을 메고 그 산으로 가더니 저녁 무렵 이상한 짐승을 하나 어깨에 짊어지고 돌아왔다. 입은 새 주둥이처럼 뾰족하고 몸통은 노루처럼 날렵한데 비해 짧고 통통한 네 다리가 달려 있고 꼬리는 악어처럼 두터운 비늘로 덮인, 처음 보는 짐승이었다. 모가지에 활을 제대로 맞아 이미 사체가 된 그것을 검이 보더니 칼을 꺼내어 몇 번 휘두르자 순식간에 잘 손질된 몇 근의 붉은 고기가 되었다. 창이 동굴로 가서 자신의 장창을 꺼내 와 그것의 몸통에 끼워 화톳불에 돌려 가며 구웠다. 섬에 온 후로 처음 맛보는 고기였고 난생처음 먹어 보는 짐승인데 맛이 희한했다. 그것을 먹고 나자 그들은 마치 술에 취한 것처럼 몽롱하고 몸을 제대로 가누기가 어려워서 땅바닥에 큰 대자로 뻗어 버렸는데, 깨고 나니 어느새 아침이었다. 실로 오랜만에 자신들이 외딴 섬에 버려진 신세라는 현실을 잊을 정도로 기분이 상쾌했고 몸에서 힘이 불끈 솟았다.

그 맛과 기분을 잊을 수 없던 그들은 다음날 또 사냥을 나갔다. 이번엔 창과 검과 궁이 각기 다른 세 방향에서 산에 올랐다. 저녁 무렵 세 사람이 돌아왔을 때 그들은 어깨에 각기 다른 짐승을 메고 있었다. 물고기 같은 머리에 멧돼지 몸통을 한 놈, 살쾡이 머리에 뱀의 몸통을 한 놈, 여우 머리에 독수리의 날개와 발톱을 단 놈, 산양의 뿔이 달린 거대한 고슴도치 같은 놈 등등…. 산에서 잡혀 오는 짐승은 그 종류가 무궁무진했다. 그것들은 하나같이 해괴하고도 희귀한 모습이었지만 모두 맛이 좋았고 먹고 나면 야릇한 쾌락을 느끼게 했다. 머잖아 세 젊은이는 사냥에 깊이 중독되었다. 하루라도 그 요상한 짐 승 고기 맛을 보지 않으면 잠이 안 올 지경이 되도록 육식에 탐닉했고, 매일 그렇게 붉은 피 흐르는 살코기를 먹는 동안 그 들의 성질은 조금씩 사나워져 갔다. 그리하여 짐승 뒷다리 하 나, 내장 하나를 더 차지하겠다고 식사 때마다 서로 다투기 시 작했다. 처음엔 주먹다짐, 발길질 정도에 그치던 것이 급기야 는 각기 제 무기를 꺼내 들고 일대 혈투를 벌이게 되었다.

창, 검, 활 중에서 육박전을 하기에 불리한 무기는 아무래도 활이다. 일정한 거리를 담보해야 위력을 발휘할 수 있는 것이 활이기에 싸움이 일어나면 궁은 일단 활을 챙겨 자리를 뜨기 바빴다. 창과 검이 치열하게 다투다가 한쪽이 먼저 쓰러지면 남은 한쪽을 먼 데서 활을 쏘아 맞히면 되는데, 그러기엔 궁 의 사람됨이 충분히 모질지 못했다. 그래서 멀리서 승자의 저 고리 양팔 깃을 활로 꿰어 몸통에 붙여 버려 팔을 못 움직이게 한다든가, 양쪽 바짓단을 꿰어 한 다리로 묶어 버린다든가 하 는 정도에 그치곤 했다. 반면 창과 검은 한쪽이 치명상까진 아 니더라도 얼마간 피를 보고 나서야 싸움을 그쳤다. 물론 나중 에 제정신이 돌아오면 서로 미안해하며 상처를 치료해 주고 다시는 그러지 말자고 다짐을 하곤 했다.

하지만 그 섬에서 사냥하는 짐승들의 고기는 이상했다. 일단 굽거나 삶으면서 고기가 냄새를 풍기게 되면 그때부터 사람 마음이 야릇하게 움직였기에 같이 모인 자리에서 냄새를 맡는 일이 없어야 했다. 그렇다고 익히지도 않은 날고기를 먹을 수도 없었기에 세 사람은 어느 시점부터 각자 사냥한 짐승은 멀리 떨어진 데서 각자 요리해 먹기로 했다. 당연히 셋이 모여 함께 식사하는 일이 없어졌고, 그러다 보니 잠자리조차 따로 마련해 각자 생활하기에 이르렀다. 세월은 소리 없이 흘러 세 사람이 섬에서 그렇게 따로 살아간 지가 여러 달이 지났다.

어느 날 궁은 한동안 사냥을 나가지 않았다는 생각에 활을 챙겨 메고 섬 가운데 산으로 갔다. 그새 너무 사냥을 해대서인지 짐승들 수가 많이 줄어든 듯했다. 한 끼 거리도 못 되게 작고 어린 짐승들이 더러 눈에 띌 뿐 그럴듯한 사냥감이 보이질 않았다. 사냥감을 찾아 좀 더 산속 깊이 들어가던 궁의 귀에 돌연 짐승의 포효가 들렸다. 화살을 꺼내 시위에 올리고 숨을 죽이며 소리가 나는 쪽으로 다가갔다. 검푸른 털빛의 곰 한 마리와 붉은 털빛의 산원숭이 한 마리가 으르렁대며 대치하고 있었는데, 곧이어 놀라운 광경이 벌어졌다. 흑곰은 겨드랑이에 끼고 있던 장창을 뽑아 내지르며 앞으로 달려 나갔고, 산원숭이는 어깨 뒤에서 긴 칼을 뽑아 공중으로 날아오르더니 비호같이 내리쳤다. 순식간에 싸움은 결말이 났다. 장창은 날아내리는 산원숭이의 심장을 꿰뚫었고, 장검은 흑곰의 머리를 갈랐다. 피가 낭자하고 뼈 빠개지는 소리가 요란했다.

궁은 넋이 나가 주저앉았다. 얼마 후 정신을 차리고 일어나 널브러진 사체를 살펴보고 사태의 전말을 파악한 궁은 통탄을 금할 수 없었다. 창과 검이 그새 짐승이 되어 버린 서로를 몰라보고 사냥감으로 겨냥했던 것이다. 궁은 두 무사를 양지 바른 곳에 묻어 준 후 창과 검을 챙겨 예전에 함께 지내던 동굴로 돌아왔다. 그는 따로 생활하고부터 왠지 몸 상태가 좋지 않았다. 꽤 오랫동안 사냥을 못 나간 것도 그래서였는데, 오늘 참담한 변을 당한 두 친구를 보니 그러기를 천만다행이란 생각이 들었다. 동굴은 그새 아무도 출입하지 않았는지 이끼가 잔뜩 끼고 냉랭한 기운이 감돌았다. 횃불을 켜 들고 동굴 깊숙이 들어가 예전에 약초술을 놓아 두었던 벽감 자리를 찾았다. 동굴 벽을 한참 더듬어 나가던 끝에 무성히 자란 이끼식물에 덮여 잘 드러나지 않는 틈새에서 가죽 자루를 발견했다. 자루가 묵직한 걸 보니 술이 그대로 남아 있는 듯하여 그들 간의 약조를 지킨 검과 창 두 사람이 갸륵하고도 애틋했다. 궁은 동굴 바닥 여기저기에 깨진 채 흩어진 그릇들 중 우묵한 대접을 하나 찾아 들고 밖으로 나왔다. 어차피 동료 무사들도 죽어 버리고 염장이 노인도 가서 아니 오고 있는 마당이니 그 비주는 궁의 독차지가 돼버린 셈이었다. 이걸 조금씩 아껴 마시며 노인이나 본국에서 보내는 귀항선이 오길 그래도 기다려 봐야 할지 어쩔지 혼란스러웠다. 어쨌든 마음이 괴로우니 한잔 하고 보잔 생각에 서둘러 술을 따라 입으로 가져가는 순간, 궁은 너무 놀라 그릇을 떨어뜨렸다. 대접에 찰랑거리게 채운 술에 해괴하게도 허연 돼지 머리 모습이 어려 있는 것이었다. 그는 그 길로 섬 우물터로 달음박질해 내려갔다. 작은 웅덩이에 들고 나는 물길을 터서 사람들이 식수와 씻을 물을 써 오던 곳이었다. 우물의 잔잔한 수면에 비친 궁은 사람 몸에 돼지 머리를 얹고 있었다. 궁은 자신이 이 섬 고유의 짐승 전염병에 감염되었음을 알았다. 머지않아 창과 검처럼 몸 전체가 짐승으로 변할 거란 두려움과 함께 지독한 외로움이 엄습했다. 짐승으로 변해도 같이할 존재만 있다면 이다지 슬프지는 않을 것 같았다. 우우우 대숲을 스치는 바람 한 줄기에도, 후룩후룩 우짖는 밤새 소리 한 소절에도 가슴이 저몄다.

그렇게 망연자실해 있기를 사흘 밤 나흘 낮, 궁은 마침내 결단을 내렸다. 이런 모습으로 고향에 돌아갈 수는 없을 터, 설령 누군가 데리러 오더라도 도리어 피해야 할 것이었다. 그는 죽은 동료들의 무기와 자신의 활을 챙겨 들고 두 사람을 묻은 곳으로 갔다. 아무도 없는 곳에서 그저 생존을 이어가는 것의 무의미함을 처절히 깨달았기에 무사답게 자진을 하고 동료들 뒤를 따를 작정이었다. 궁은 검과 창의 무기를 저마다의 무덤에 꽂아 준 뒤 가죽 자루를 열어 술을 뿌렸다. 그리고 자신의 활을 어깨에 멘 채 그들 옆에 가부좌를 틀고 앉았다. 구름 한 점 없이 푸르러 야속하게 느껴지던 하늘에 어느새 바알간 노을이 물들고 있었다. 분홍 댕기 팔랑이며 달려와 안기던 누이의 바알간 뺨이 생각났다. 아직 푸르디푸른 인생인데 이렇게 덧없이 지는구나…! 궁은 남은 술을 자루째 들어 입안에 털어 넣고 품에서 단검을 꺼냈다. 그는 곧 붉은 피를 뿌리며 검과 창이 묻힌 옆에 나동그라졌다. 죽어 가며 궁은 단검에 베인 자신의 목에서 흐르는 피가 몹시 차갑다는 느낌을 받았다.

노인은 흔들어도 도무지 깨어나질 않는 세 젊은이의 얼굴에 술자루에 채운 물을 입속 가득 머금어 내뿜었다. 독주 몇 잔에 다들 뻗어 정신 못 차리고 잔 지가 두어 시진이나 지난 터였다. 내 술이 명주는 명준데 좀 독하긴 하지, 하! 장정 셋이 올라타고 여러 날을 갈 만한 배를 만들려면 적당한 나무를 많이 베어 와야 했다. 오래전 이 섬에 보내져 독생존자로 혼자 살게 되기 전엔 관 짜는 일이 생업이었던 그는 목공의 기본기가 충실했다. 젊은이들이 목재만 충분히 조달해 주면 자그마한 배 하나 만드는 일쯤은 자신이 있었다. 조정의 배신은 진작에 알아차린 터였다. 생체실험을 위해 섬 유배를 시킨 건데 거의 몰사했으니 더구나 귀항선을 보낼 이유가 없었다. 전서구傳書鳩를 통해 이곳 소식을 곧이곧대로 육지에 알린 것을 심히 후회하고 있는 노인이었다. 일단 살아남은 이 청춘들을 돌려보내야 했다. 출신국은 달라도 어느 하나 그 앞날에 기대를 걸어 보고 싶지 않은 인생이 없었다. 삼국이 왕조를 여러 차례 바꾸며 흥망성쇠를 거듭하는 세월 내내 그래왔듯이, 그 자신은 또 다른 역병이 돌아 새로운 실험단이 보내질 그 언제까지든 이 섬을 지키며 남아 있을 것이었다. 본시, 원주민이란 국적과 국경을 모르는 백성을 말함이 아니겠는가.

궁이 얼굴에서 흐르는 물기를 느꼈는지 고개를 꿈지럭거렸다. 그 옆에서 검과 창도 사지를 움직거리기 시작했다. 희미한 미소가 번지는 노인의 주름진 얼굴에 막 영산을 넘어가던 해의 잔광이 금빛 투구를 씌웠다.